The Souls of Animals

万物有灵

探寻生命内在的灵性之光

[美] 盖瑞·科瓦斯奇\著
刘佳豪\译

海南出版社
HAINAN PUBLISHING HOUSE

版权合同登记号：图字：30-2016-107 号

图书在版编目（CIP）数据

万物有灵 /（美）盖瑞・科瓦斯奇 (Gary Kowalski) 著；刘佳豪译．-- 海口：海南出版社，2017.6

书名原文：The Souls of Animals

ISBN 978-7-5443-7156-8

Ⅰ．①万… Ⅱ．①盖… ②刘… Ⅲ．①故事 – 作品集 – 世界 Ⅳ．① I14

中国版本图书馆 CIP 数据核字 (2017) 第 084854 号

万物有灵

作　　者：（美）盖瑞・科瓦斯奇著
译　　者：刘佳豪
监　　制：冉子健
执行编辑：张　雪
责任编辑：孙　芳
责任印制：杨　程
印刷装订：北京盛彩捷印刷有限公司
读者服务：蔡爱霞
海南出版社　出版发行
地址：海口市金盘开发区建设三横路 2 号
邮编：570216
电话：0898-66830929
E-mail：hnbook@263.net
经销：全国新华书店经销
出版日期：2017 年 6 月第 1 版　2017 年 6 月第 1 次印刷
开　　本：880mm × 1230mm　1/32
印　　张：5.5
字　　数：100 千
书　　号：ISBN 978-7-5443-7156-8
定　　价：32.00 元

一个国家伟不伟大，其道德程度如何，是可以由这个国家如何对待动物这一点来衡量的。

——印度圣雄 **甘地**

我们应该了解，
天地万物都是伟大祖灵的杰作。
我们应该知道，
伟大祖灵存在于万事万物之中，
祂在树木、青草、河流、山岳中，
也在有着四脚及翅膀的同胞之中。
最重要的是，我们应该深刻体会到，
伟大祖灵是超越一切事物及生灵之上而存在的。

当我们清楚明白这些事并将它们深深铭记于心时，
我们就会心怀畏惧、敬爱，并真正认识这伟大的祖灵，
进而依循祂的旨意而存在、行动及生活。

——印地安苏族酋长 **黑麋鹿**

序 | 人类就是动物

在巨大的生命体系中，人类是多么渺小啊！我们对自身的定位充满了不确定性，甚至用语言来掩饰我们的不安——在语义学的领域里，我们把“动物”和“人类”放在壁垒分明的两端。“人类就是动物”，似乎是我们想要极力忘记的一个恼人事实，毕竟，没有哪个有自尊心的人，会希望“自己的行为和动物没两样”。

我们对自身兽性的否定，造就了一些可预见的后果。首先是造成了我们的无知，让我们好几个世纪以来，一直漠视那些有毛皮、有羽毛以及有鳍的“同胞手足们”。很少有人会去探索一开始就被认为没有探索价值的东西，因此，当非人类的动物被认为是低等生物时，也没有人会感到大惊小怪了！

在这本书中，我们将读到严谨、优雅却有力的文字。其中的力量，源自于作者对人类所抱持的可耻的种族观所做的温和却果敢的抨击。当我们读到大猩猩也会因为失去朋友而悲伤、大象试着想安慰将死的亲人、非洲野狗会冒着生命危险去拯救幼犬，以及寒鸦终身只会有一个伴侣时，人类又有什么好自认为优越的呢？

正因为人类都以“自我为中心”的短视目光来看待动物，不仅误解了动物真正的地位和角色，而且很多人甚至还将这种误解视为理所当然。不过，人们需要智慧才能面对并克服这种无知，而作者正是以这种独特的视觉眼光带你进入动物的灵魂深处。

我很早就注意到，人类的傲慢会影响到我们对动物的了解，同时也让我们对自身角色的定位产生误解——我们只是活在这广阔的生命社群中，却不是和其中成员相同的一份子。然而，动物真的与我们非常相像，所以我们怎么可能会比他们还优越呢？既然他们不仅生活在这世界中，也属于这个世界，那我们又怎么可以将自身置于这个生命之城以外呢？

“在生命的大家庭中，我们是动物世界里永远的婴儿，因此，我们需要其他生物来告诉我们，我们是谁。”不管我们有没有从这些被我们忽视的导师那儿学到东西，至少现在有盖瑞来当我们的沟通大使。他创造了一个空间，在这个空间里，动物诉说着他们知道的事实，而人类也能够听见他们的话语。

——汤姆·雷根（Tom Regan）

北卡罗来纳州大学 哲学与宗教学系 系主任

目　录
CONTENTS

Chapter 3　世界充满神秘

Chapter 4　心灵在歌唱

Chapter 5　灵魂会被优美所煽动

Chapter 6　万物互相关心

Chapter 7　一生的伴侣

Chapter 8　天生爱玩耍

Chapter 9　双眼就是灵魂之窗

Chapter 10　自我的倒影

Chapter 11 看见万物之灵

Chapter 12 所有生命皆神圣

Chapter 1

动物有灵魂吗

猪妈妈会用花在新生宝宝周围排出美丽的花环……看到这一幕，你会相信动物也有灵魂，你会知道，有太多关于这个世界的点滴，必须由其他生物来教导我们。

古人认为，
灵魂存在于呼吸或血液中。
对我而言，
灵魂存在于我们生命与永恒的交汇点，
存在于我们对善的热爱，
存在于我们对美的热忱，
存在于我们对意义与真理的追求中。

当人们问及动物是否有灵魂时，
事实上是在问：
他们是否也会努力让生活不只是单纯的奋力求生，
而是能活得有尊严、有活力、有质量。

一个温暖的春天，在密西西比州一个繁花盛开的小农场里，一头自由放养的母猪刚生下一窝小猪。稍晚，在新生猪宝宝们一个挨一个休息着的门廊下，出现了一幅不可思议的奇妙景象：猪妈妈小心翼翼地咬下盛开的黄水仙花，围绕着他们的“家”，摆成一个明亮的黄色花环。

看到这幅画面的人，一定不会再怀疑，动物也像人类一样，懂得养育和庆祝生命的诞生，甚至可能比人类懂得更多。写信告诉我这幅农场诞生图的女士，还随信附上了一张她亲手画的图，图中有一个花环，花茎朝外，花瓣朝内，小猪们舒适地在花环中央熟睡着。此外，这位女士在信中还讲了其他故事，如关于她养的两匹马：这两匹马分别是年轻的公马来福，以及可爱的黑色母马爱普罗，来福很喜欢爱普罗，因此，当她被送往密苏里州接受赛马培训后，来福就整个变了样，过了不久，他便离开了这个世界。有过这些经历，再加上 74 年照料猫狗的经验，这位女士深深相信，动物绝对是有灵魂的，他们就像人类一样，也有欢乐与悲伤。

⊖ 我的心灵向导

过去几年来，我收到许多诸如此类的读者来信，这些读者都和我一样，相信动物能启发我们拥抱更快乐的生活。当《万物有灵》初次出版时，我曾写到自已养的狗奇努克，我把他称作“我的心灵向导”，虽然他现在已不在世了，但关于他的故事我一直都记得：

“从狗的身上，我可以学到很多知识：他善于结交朋友，从来不会忌妒怨恨；他享受简单的愉悦，勇于面对每一天的到来；他饿了就吃，累了就睡，从不沉溺性爱，就像禅宗大师一样。最棒的一点是，他以无条件的爱与我做朋友，这是人类应该要尽力效法的一点。

“奇努克当然也有弱点。比如：他怕烟火；每当我们使用吸尘器时，他便会躲进衣橱里。但跟我不同的是，他从不畏惧别人对他的看法，也不在乎他的公众形象。他会对邮差及送报童大吼大吠，但是他绝不会对我认识的人咆哮。

“我的狗有点儿像宗教上师：当我太严肃、太专注时，他会提醒我嬉闹游戏的重要；当我太费心于抽象概念及构思理论时，他会提醒我运动及照顾身体的重要。身为犬类的他，让我知道生活也可以没有内在冲突或神经焦虑，人其实可以只是单纯地、真诚地，而且快乐地活着。”

很久以前马克·吐温（Mark Twain）说过，人类还有许多事情要向高等动物学习，因为动物们虽然没有发明静电贴纸、洲际飞弹或电视福音传播员，但并不表示他们在心灵上的进化程度比人类低。不过，对动物（包括人类）而言，“心灵的进化”究竟是指什么呢？我认为包括许多事情：道德观的发展、对美好事物的鉴赏力、创造的能力、在广阔宇宙中意识到自我的存在，以及对所有神秘事物的探索欲等，这些都是我们所拥有的最珍贵的天赋，而且这种心灵素质完全不是神秘或超脱世俗的事物。事实上，我认为这种精神灵性是非常自然的，它依着自然界的规律，深深根植于所有物种之中：这个生物圈里的任何一个生命，都拥有这天赋的灵性。

本书记录了许多动物的心灵生活，包括美洲鹤、大象、穴鸟、猩猩、鸣鸟、马，还有狗和猫。目前市面上已经有许多书籍探讨其他物种的智慧，以及他们解决问题的能力，但是我认为，灵性与解决问题的关系并不大，它主要攸关我们思考各种问题的能力与广度。比如，我们会认真地思考死亡这个课题，但是并不会真的希望能“解决”自己终将死亡的问题。因此，在思考其他生命的心灵生活时，我不会把重心放在他们天生的智力、记忆力和学习能力上，而是着重于更微细的心智领域，例如他们的艺术性、想象力，以及感同身受的情感等各方面的表现。

对各种生物的灵性研究，将带领我们进入一个从未有人涉足的领域，引领我们思考：其他动物也像人类一样拥有自我意识吗？他们在生命终结时，也会感到悲伤吗？还是有其他的感觉与想法呢？他们会做梦吗？有善恶的观念吗？会创作音乐或欣赏艺术吗？

在本书出版后的几年间，有越来越多的专家提出并探讨这些问题。一位著名的心理学家出版了《当大象哭泣》（*When Elephants Weep*）一书，探讨动物的情感生活；而著名的动物学家法兰斯·渥尔（Frans de Waal）也出版了许多书籍，描述灵长类动物之间如何调解纷争，以及黑猩猩权利斗争的手段等，并指出这些行为模式和人类没什么两样。我很高兴这些议题终于得到了权威研究者及科学家们的注意。事实上，若没有灵长类动物行为学家珍·古德（Jane Goodall）和“动物行为学之父”康拉德·罗伦兹（编注：Konrad Lorenz，诺贝尔生物医学奖得主，曾经发表著名的

“铭印”学说，著有《所罗门王的指环》等书）等先驱的洞察研究，也绝不会有这本书的诞生，我并非动物学家，因此非常倚重他们的研究资料。不过，虽然我已经竭尽全力让自己的研究结果准确且客观，但这本书对宗教的探讨还是多过于科学的论述。

㊁ 发现动物的灵魂

我是一名教区牧师，擅长处理无形的、难以言喻的领域。我替逝世的人们祷告，并安慰失去亲友的人们；我替婴孩受洗，并分享每一个新生命带给父母们的喜悦；我有时帮助人们思考道德上所遭遇的困境，并做出合乎伦理的决定。此外，我还担负着教育年轻人的责任，协助他们了解自己与生俱来、潜藏在心底的虔敬心及悲悯心。我每周都会站在大众面前，试着探讨关于生命存在的难解谜题。虽然我无法回答所有的难题，但“牧师”这个头衔允许我提出许多顽固科学家及学者们所避讳的问题，拥有牧师身份就像是领到一张专业的许可证，可以思考一些别人认为无法解释的论题。

身为20世纪末的巫觋，我们被允许研究一些谜题，如“我们何以为人？”“是什么使生命显得神圣？”我们不仅能调查其他动物的交配行为和生存技巧，也能探讨他们是否和我们一样拥有精神与灵魂。这么做虽然会让我们经常处于自己也无法理解的深奥境界中，但至少我们能够深入浅出地寻求答案。而在寻找答案的过程中，我们不仅可以丰富对其他生物的认识，同时也可深化对自己的了解。

事实上，就算不把这些非人类的手足同胞们拟人化，我们也能确知动物们拥有许多和人类相同的特质：他们不但有各自不同的情绪、好恶取向和特殊习惯，也拥有正直自尊的一面，他们在受到不公平待遇时也会感到痛苦。他们会玩耍，并且对自己的世界感到好奇，他们之间也会发展出友情，甚至还会冒着生命危险去帮助其他动物。他们拥有“动物信念”，那是一种自发且率真的信念，而这一点正是最令人耳目一新的发现。

对我而言，动物们所有的行为特征都显示出他们拥有灵魂，但是由于我们无法看见或测量灵魂的存在，因此只能从外在的表现，如泪水、笑声、勇气和英雄气概，还有慷慨与宽恕等来观察并确认。**灵魂，是在我们活得最战战兢兢且奋发专注的生命阶段里，隐身于各种艰困及脆弱时刻背后的力量。**自从《万物有灵》问市后，各种相关主题的书籍就大量出现，导致现在的书店货架上挤满了《随心所欲》（*Care of the Soul*）和《心灵鸡汤》（*Chicken Soup of the Soul*）等这一类型的书。“灵魂”这个词在被忽视甚至几近消失了这么多年后，目前却面临着被过度滥用的危机，几乎已成陈词滥调。这真是一种羞辱，因为“灵魂”是一个丰富深沉且余蕴缭绕的词语，它的意义需要重新修正，甚至可能得重新定义。

许多人认为灵魂是人格的要素，即使身体死去，灵魂也不会消失。但对我而言，它是更实际的东西——灵魂是所有情感丰沛、性灵敏锐生物的生命精华。伟大的艺术品之所以令人难忘，是因为灵魂显现于其中：当我们站在万籁俱寂、繁星满天的夜空下，会不由自主地升起敬畏之情，也是因为灵魂充溢心中；当我们说某首曲子充满灵魂时，便是我们从这首曲子中听见了无尽深远的情感。此外，我们也常以“国家的灵魂”来表示这个国家拥有勇气及远见来进行改革。心理分析学家卡尔·琼（Carl Jung）曾说：“灵魂既存在于永恒之中，亦属于变化万千的瞬间。”灵魂存在于我们的生命与神圣境界的交错处，在亲密的时刻里、在奔放的想象力里、在所有为我们这一瞬即逝的生命赋予永恒而神圣意义的仪式中，是**它让我们每一个人的生命自成一个小宇宙，并且以某种程度反映那完整的世界，而不仅仅是宇宙中一个无意义的碎片。**

没有人能够证明动物拥有灵魂，如果有人要求我提出相关的证据，那就如同要我证明我爱妻子和孩子，或者要我证明韩德尔（George Frideric Handel）的《弥赛亚》（*Messiah*）是一首壮丽杰出的曲子一样，有些事实就是无法证明的。但是，如果我们向其他生物敞开心扉，与他们的喜悦和奋斗产生共鸣，便会发现他们除了能令我们感动之外，还能使我们完全改观。因为在其他生命的内在本质里，具有某种精神灵性，能够唤醒我们内心最深处的东西。

很久以前，人们就知道能从动物身上学到和谐以及融洽，因为他们的直觉及环境适应力，有时候甚至比我们更健全。印地安波尼族（Pawnee）酋长雷塔寇斯·雷沙（Letakots Lesa）曾说："在所有事物初始之时，拥有智能与知识的，事实上是动物。"波尼族人相信，至上之神"蒂拉瓦（Tirawa）"并不直接与人类沟通，而是派遣某种动物作为使者，人类则应该从动物、星星、太阳和月亮那里学习所需知道的一切。此外，其他生物居住在地球上的时间，远比人类长得多，因此，所有的原住民都知道，有太多关于这个世界的点滴，必须由其他生物来教导我们。

三 越了解越珍惜

本书主要探讨的内容有：动物是否能当我们的生活向导、心灵伴侣及生命伙伴？他们是否和我们一样，拥有人类之所以为人的素质？在这些领域里，他们又能做到哪种程度？我会在每一个章节里讨论不同层面的动物体验：动物们为何要玩耍？他们恐惧及幻想的事物是什么？他们眼中的世界究竟是什么样的？他们的体验感受跟我们的又有多少相似之处？

我相信，这样一本书所引发的问题将比书中回答的问题多得多。然而，如果这些问题能使我们更珍惜一同生活在这个世界的生物，那么这本书的目的就达到了。我相信，如果想让我们共同的家园——太阳系中的第三颗行星——能够平安地再度过几个世代，那么我们就必须觉醒，以全新的视野来认识、尊重这个生命家园。

现在生存在这个星球上的我们，不但正经历并见证着一场地球上史无前例的动物大灭绝，甚至……还充当着帮凶的角色！数百万的物种正面临着绝种的危险，然而，就像动物保护运动者兼作家艾利斯·渥克（Alice Walker）所提醒我们的一样，“只要是我们热爱的事物，我们就能拯救他们。”那么同样地，在质问动物是否有灵魂的同时，我们也是在质问：人类是否有足够强烈的热情，可以学会多多关心动物，以保障他们以及我们自身的未来？

感谢上苍，幸好目前已经有越来越多的人开始关心其他的物种，这也是本书会增补再版的原因之一。1996年，联合通讯社（Associated Press）进行了一项超过千人的民意调查，在这些接受调查的民众中，有三分之二的人都同意，“动物免于痛苦的生命权利，应该和任何一个人类的权利一样重要”。同样地，也有这么多的人相信，用动物来做化妆品试验是错的，还有超过一半的人都不赞成为了皮毛或打猎消遣而猎杀动物。不论在美国还是在全世界，人们对动物的态度都在改变，随着我们对其他生物的丰富性及复杂性的认识的增多，更多的人会了解并体悟到，所有形式的生命都珍贵非凡。

通常，我们会因为某个特别的动物而打开心扉。对我来说，让我打开心扉的便是我的狗奇努克。奇努克在前几年夏天的睡梦中离开了我们，当时他已经12岁了。现在，我们家里养着一只活蹦乱跳的小狗，这只小狗让我了解到，原来奇努克还是只幼犬时，就已经有个“老灵魂”了，因为他总是十分体贴、冷静而且温驯。不过，就算他是一只非凡的动物，但我心里十分明白，他并非独一无二的，因为这世界上到处都有令人惊奇的生物，而且所有生物都有可分享的天赋以及可供学习的地方。

然而，我很怀疑自己是否能够用同样的深切挚爱，来热爱所有的生物：昆虫、鸟儿、植物、野生的以及驯养的动物……，就像热爱我那聪颖智慧、本性甜美的狗一样。如果我能学会这样的博爱，那么，我还有希望……也许，我们全都还有希望。

Chapter 2

生命都有终点

我们都有离开世界的一天——不论是人类、猩猩、大象，还是其他任何一种生物，我们是被爱与苦束缚在一起的亲密伙伴。

生命中充满了伤痛，
死亡和分离是这个躯体无法逃避的伙伴。
但我们是唯一会哀伤的动物吗?
其他生物面对生命的结束会有想法和感觉吗?
他们会疑惑死后的世界是什么样子吗?

我们对自身死亡的自觉，
是我们之所以为人的要素之一，
是它让我们成为具有灵性的动物。
但是，
这或许也是其他生物所共有的生命面向。

离别总是痛苦的！身为一个教区牧师，我的工作之一就是照顾垂死及痛失亲友的人们，然而，虽然面对这种状况的经验已经相当丰富，但是要找到适当的言语去安慰他们，仍然非常困难。有一对初为父母的夫妻刚生下一个女儿，但是这名女婴一出生就没有心脏，只活了一天就死了，你要对他们说些什么呢？一个中年男子因为癌症撒手人寰，要在他的追悼会上说什么，才能安慰、鼓励他的遗孀及两个青春期的小孩呢？在挚爱的人去世时，言语根本不足以表达我们所受到的震惊、孤寂与被遗弃感。

此时，唯一能够提供帮助的，或许只有他人对我们所表达的关心了，所以我们会和家人聚在一起，朋友们也会陪伴在我们身边，借着共聚，我们组成属于自己的心灵团体，一同点亮一支蜡烛，相互拥抱或是默哀片刻。虽然我们的伤痛不会因此而停止，但这样做却能让我们知道，自己并不是独自面对哀痛，我们知道同样承受过生命悲痛的其他人，能够了解类似的伤痛感受，借由痛苦的分担，我们多少能够汇聚力量，来承受丧亲之痛。

一 动物会感到悲痛吗

人类会为他们的宠物感到悲伤，这一点是确定的，我的许多会众都曾在他们的动物朋友逝世时，来找我辅导并寻求慰藉。失去心爱的狗或猫，会让人们陷入沮丧忧郁及伤心悲痛之中，这是相当自然的事。但是当我第一次听到关于大猩猩可可的故事时，却感到万分震惊。这只母猩猩为了她的宠物小猫，陷入了极度哀伤的深渊。可可的故事让我确信，动物也和人类一样，对生命的结束有着强烈的感觉。

可可是一只低地母猩猩，世界上进行最久的大猩猩语言研究工作，以她为研究对象已超过 20 年之久。可可不会讲话，但却能用美国手语（Ameslan）与人沟通，她的老师是来自加州大猩猩基金会（California Gorilla Foundation）的法兰辛 · 佩妮 · 帕特森（Francine Penny Patterson）博士，透过她的协助，可可学会了超过 500 个字。利用这些字词，可可告诉佩妮自己想要一只小猫当作生日礼物，事实上，她只是将两根手指画过自己的脸颊代表胡须，就这样比划出了猫。

于是，有一天，3只小猫被带到了加州伍德塞（Woodside）的一个乡村庭院中，那是可可居住的地方。这些小猫一出生就被母亲抛弃，由一只活泼的母狗养育，并在他们出生的第一个月里哺育他们。可可以大猩猩独有的温柔动作轻轻抚摸他们，然后选了其中一只当作宠物，那是一只灰色皮毛、没有尾巴的小猫，可可为他取名为“球球”。

可可非常喜欢她的新朋友球球，常常会闻他，或者温柔地摸摸他，她会用双手将球球环抱在怀中，并且试着喂他喝奶，仿佛他是只小猩猩一样。不过，令可可惊讶的是，小猫会咬她，每当球球咬她的手指时，她便会比出“脏脏”和“马桶”的手势，这通常是她用来表示“不可以”的方式。虽然如此，可可还是在很短的时间内，就用手势教这只小猫帮她搔痒，这是大猩猩最喜欢的游戏之一。

“可可好像认为猫能做到大部分她能做到的事。”佩妮说。

“软—好—猫。”可可经常这么说。

没有想到，在某一天夜里，球球逃出了大猩猩基金会，意外地被一辆车撞死了。可可得知这个意外之初，表现得仿佛她没听到或是无法了解似的，但是几分钟后，我们听到可可的啜泣声，她开始高声呜咽着。在失去小猫后的一个星期内，每当有关猫的任何事物出现，可可都会哭泣，从那以后，只要有人提到那只猫，可可就会比出“伤心—皱眉”和“睡觉—猫”来响应。

这只大猩猩显然非常想念她的小猫，但是她对发生的事情究竟了解多少呢？幸好这可以直接问可可。于是，大猩猩基金会的一位工作人员玛琳·希恩（Maureen Sheehan），询问了可可对于死亡的看法：

“大猩猩死后会到哪里呢？”玛琳问道

“舒服—洞穴—再见”可可回答，并且比出吻别的手势。

“大猩猩何时会死亡呢？”玛琳又问。

这次可可回答的手势是：“困苦—老”

“大猩猩在死亡的时候会有什么样的感觉呢？是快乐，是悲伤，还是害怕？”

“睡觉！”可可回答。

事实上，大猩猩不仅仅只会哀悼，他们显然也和人类一样，会仔细深思自身的死亡。而当挚爱死去的时候，他们也和丧失亲友的人类一般，会为了那些同样萦绕在我们脑海中的疑问而感到困惑且挣扎。

所有的生命都会死亡——这是一个永远不会改变的事实。然而，长久以来，我们一直认为只有人类才能了解并觉知这个事实。在哲学家思辨千年的古老议题里，人类是唯一一种会把死亡视为一个理性思维及情感纠葛的“问题”的动物。哲学家厄尼斯特·贝克（Ernest Becker）在他获得普利策奖的作品——《否定死亡》（*The Denial of Death*）一书中表示，人类和所有其他的生物之间被划了一道壁垒分明的分界线。他认为其他生物是“活在一个狭隘且窄小的世界里，只能看到现实的一小块碎片，他们体内有某种神经化学方程式，驱使他们跟着鼻子走，并把其他所有事物关在外面”。而人类则是“一种急于学习外界知识，并且对各种经验都乐于打开心扉接受的动物”。

根据贝克及其他哲学家的观点，人类的记忆力以及先见之明，让我们在这世界上拥有了一个崇高却不幸的地位。我们的高等智慧让我们不只能够看到现在，还能在无尽的时间长廊中回顾过去及展望未来。我们可以透过望远镜看到繁星的诞生，也能经由研究化石来了解大陆板块的漂移和灭绝许久的生物形态。然而，这种崇高的优势也让我们预见了无法避免的死亡，并且开始自问：在这浩瀚且不断变化的宇宙生涯中，我们短暂的生命究竟拥有什么意义？

人类的生命会在欢乐中带着一丝忧郁，甚至夹杂着伤痛心酸，这种情绪来自于我们对死亡的认知与思考。根据贝克等哲学家的观点，这种自觉也使我们和其他所有的生物有所区别，我们能认知自己的死亡，因而成为高等的灵性动物。然而，当知道最后等着我们的终究是一无所有的死亡时，我们要去哪里寻找生命的信仰及生活的力量呢？当我们知道自己的生命原来这么快就会到达终点时，剩下来的日子又有什么意义和目的呢？或许我们的答案各不相同，但是没有人可以忽视这些问题，因为它们不仅只是宗教思辨的议题，同时还是人类永远无法逃避的生命主题。

不过，纵使哲学家言之凿凿，人类难道真的是唯一对死亡有认知的物种吗？事实上，目前已有许多证据显示，在这方面我们并不孤单。

㊁ 他们比任何人都了解什么是“灵魂的黑夜”

根据另一项动物研究，我们可以确定，除了大猩猩之外，大象应该也拥有同样的认知。辛西亚·摩丝（Cynthia Moss）是“肯亚安博塞利大象研究计划”（Amboseli Elephant Research Project）的负责人，她研究非洲象的生活已经超过12年，研究结果不但根除了流传许久的“大象墓园”神话，同时还显示，这些动物不仅对死亡有某些认知，同时还会有悲痛感，甚至可能会举行一些可以被视为葬礼的仪式。

大象在生病或受伤的时候，通常都会聚集在有充沛水源、茂密树林以及灌木丛生的地区，摩丝解释说：这样的地方通常会有大量的象群尸体或遗骨，因此才有“大象墓园”的传说。不过，虽然大象并没有固定的墓园，但他们对死亡绝对具有某种认知与概念。

大象与其他多数动物不同，他们能够辨认出自己同类的尸体或骸骨。当一只象碰见另一只象的尸体时，会非常好奇且小心地检视这具尸体，他会用脚和长鼻去摸索，并且不断地闻气味，感觉头骨及象牙的形状，仿佛是想要辨别出死去的是谁。即使是一副经过阳光暴晒而皮肉腐尽的骸骨，也会引起其他大象的兴趣：象群必定会停下来视察这副尸骨，用鼻子翻转这些骸骨，并将它们捡起来带到其他地方，仿佛要试图为遗骨找到适当的“安息地”。

象群在面临家族成员死去时所表现出来的种种反应，更令人吃惊。由于大象的寿命几乎和人类一样长（在被捕获并圈养的大象中，最老的曾经活到 71 岁），因此他们之间的情感联系十分长久。1977 年，摩丝所研究的象群家族曾遭到猎人攻击，其中有一只被摩丝取名为“蒂纳”的 15 岁年轻母象，被猎枪射中胸膛，子弹穿过了她的右肺。象群在惊恐慌乱中快速地溃散，但是蒂纳的家人却慢下了脚步，并靠过来帮助她，因此当她嘴里流出鲜血时，家人们全都围绕在她身旁，而当蒂纳在痛苦呻吟中因体力不支而倒地时，她的母亲泰瑞莎和另一只年长的母象崔斯塔就站在她的身旁，把身体倾向内侧来支撑住蒂纳，让她能够保持站立，遗憾的是，她们的努力并没有任何效果，在一阵强烈的震动颤抖后，蒂纳还是崩倒在地上死去了。

泰瑞莎和崔斯塔疯狂地想使蒂纳复活，她们不断地用脚轻轻踢她，用象牙顶她，企图让她重新站起来，另一个家人塔鲁拉甚至用鼻子卷起一把草，想要塞入蒂纳的嘴里。最后，蒂纳的母亲泰瑞莎终于用她那强壮的象牙，艰难异常地举起了那软弱无力的躯体。然而，就在一声刺耳的爆裂声响中，泰瑞莎的象牙因为负重过大而断裂了，只留下锯齿状的象牙残端，以及淌着血的皮肉。

尽管如此，象群仍然拒绝留下尸体，他们开始用象牙在布满岩石的沙土上挖掘，并将泥土洒在蒂纳已无气息的尸体上，还有一些大象走到灌木丛中折取树枝，并拿来覆盖在尸首上，到了夜晚，尸体几乎完全被树枝及尘土覆盖了。整个夜晚，这个家族的成员都在为逝世的蒂纳守夜，直到黎明，他们才依依不舍地离开，回到安全的安博塞利野生保护区里，而蒂纳的母亲泰瑞莎是最后一个离开的。

我经常看到许多在亲友的丧礼结束之后，仍然守在墓旁舍不得离去的人。尽管所有的祈祷文都已读完，最后一句“阿门”也已经说出口了；尽管死者的肉体已回归尘土，灵魂也已托付于上帝看管，但人们还是在墓园徘徊流连，死者的家人会留在墓地旁，对躺在墓中的亲人说出他们最后的道别话语。也许，大象也和人类一样，非常不愿意跟他们挚爱的亲友道别。根据摩丝的说法，一只流产的母象，会待在她那死去宝宝的身旁长达 4 天之久，使他（她）不被狮子和其他食肉动物吃掉。她还发现，母象在失去幼象之后，会有好几天都显得毫无生气。一个失去女家长的大象家族，会有很长一段时间都处于分裂状态，有时甚至永远都不会复合。从这些表现看来，我们有绝对科学的立论基础，来认定大象很可能也跟人类一样，在挚爱的亲人死去时，会感到深刻的震惊与沮丧。

除了摩丝，还有其他目击者可以为这样的看法作证。舒伯特（D. J Schubert）是和平工作团的一位志愿者，在他跟随工作团在西非服务期间，他变成了一位大象专家，他也曾亲眼见过类似摩丝所说的场景。有一天，他看到一群大象家族的成员，围绕着一只死去的幼象，不断地尝试着想帮助幼象站起来，经过长达数小时徒劳无功的努力后，象群中的长者终于放弃了，他们开始用泥土、青草以及树叶将尸体埋葬起来。之后，这个家族的所有成员并未马上离去，他们仍然围着尸体站着，静静地看着那座简单的坟墓，并且慢慢地摆动他们巨大的身体，互相安慰对方，他们把鼻子互相缠绕在一起，并用那敏感的长鼻轻柔地抚触彼此的嘴部，仿佛亲吻一般。舒伯特说："我目睹了一场大象的葬礼。"这名和平工作团的志愿者当天晚上失眠了，他感到凄凉且孤寂，母象与她那病恹恹、垂死的孩子之间的呼喊声，不断萦绕在他脑海中。毫无疑问的是，那群象本身必定要比舒伯特还要忧伤焦虑。随着夜晚的降临，这个失去了一只幼象的家族，一定比任何人都更了解什么是"灵魂的黑夜"。

㊂ 心碎的鸣叫

一方面，我非常同情泰瑞莎和可可的遭遇；另一方面，我又因为了解到在面对死亡的思考与疑虑时，自己并不是孤单一人而感到既痛苦又欣慰。因为可可对“大猩猩死后会到哪里”这个问题的答案，可能跟你我的答案一样令人心安。不论是人类、猩猩、大象，还是其他任何一种生物，谁都不会真正知道死亡时究竟会发生什么事。然而，有一件事是绝对可以确定的，那就是在面对生命终结的时候，我们全都有着相同而原始的情感——一种纠结拉扯而悲伤痛苦的心情。虽然我们是不同的物种，但是人类与其他生物之间，其实并不像我们所想的那么疏远。

知道大猩猩也拥有爱（他们的爱不仅与人类一般无二，而且还能以他们特有的方式来表达），知道大象也有脆弱及悲伤的感受（虽然他们的感受和人类并不完全一样，但也相差不多），让我感到自己对世界的了解更丰富了，而这些认知提醒我：属于自己个人的苦恼重担和亲密喜悦的时刻，其实并非那么的私密。我们都会流泪，都有爱与感情，这样的体悟告诉我，你、我、蒂纳以及球球，其实都互相紧密联系着，我们都是这辽阔世界的一部分，而这辽阔的世界并不是一个没有生气或冷酷的地方，而是一个充满苦痛、安慰、疗愈、热情和希望的世界。

在这样的世界里，我们找到了同侪团体彼此了解的慰藉，就如同海伦·凯勒（Helen Keller）所写的："我们这些丧失亲友的人们其实并不孤独，因为我们属于一个世界上最大的伙伴团体，这个团体中的人都曾经历过相同的悲伤，因此可以了解我们的痛苦。"现在，我们知道这个丧失亲友的同侪团体，可能比我们原本想象的还要大得多，其成员可能还包括猩猩、大象以及其他一些非人类的伙伴，因为他们对生命终结的想法和感觉，很可能与人类非常类似。

我有一位住在中美洲的朋友，经营着一座小农场，并养了一群牛。他曾告诉我一个故事：有一天，一群农夫为了一个即兴的庆典，临时决定要烘烤牛肉，于是便宰杀了其中一头小牛。在那之后的几个星期，牛群每天下午都会聚在小牛被宰杀的地点，围成一圈低着头哞哞地鸣叫不已，直到雨季来临才停止。这个故事迫使人们思考：我们怎么能如此不在意且轻易地夺去一个生命？我们如何能不思考其他动物临死前所感受到的痛苦、不理会他的伴侣或子女所感到的心碎，就这样任意地屠杀他们呢？知道动物也和人类一样会感到悲伤与痛苦后，或许能让我们在面对其他生命时，多些慎重，少点冷酷。

关心动物的悲伤苦痛是许多宗教传统都有的古老戒律。比如，关于大象会流泪的记载，可以一路追溯到印度最古老的宗教史诗“罗摩衍那”（Ramayana）；“不害”（Ahimsa，即不伤害任何其他生命形式）的教诫，也是印度教流传千年的慈悲哲学。同样地，佛教的信奉者也都会起誓并奉行绝不杀害任何有感觉的生物；至于戒律最严格的耆那教徒，甚至拒绝杀害最微小的微生物。相较之下，西方宗教似乎比较不能理解其他生物的苦境，不过，据说先知穆罕默德（Mohammed）曾经在一次午觉醒来时，发现一只病恹恹的小猫睡在他的斗篷边，他小心翼翼地将斗篷切断，以免自己起身时打扰到这可怜兮兮的小家伙。而在《希伯来圣经》之中，也有许多关怀动物的告诫，例如《申命记》（*Deuteronomy*）中，禁止使用挽具将公牛和驴套在一起，因为“硬要弱者赶上强者的速度，将会使弱者受苦”。另外，在《新约圣经》中，使徒保罗也曾借典型的寓言故事告诉我们，在苦难及死亡的重担下：“世界的每个角落，都有痛苦的呻吟。”或许，我们认真倾听，就能听到动物们正乞求着人类的怜悯慈悲及宽容对待。

人类与其他所有的动物，可以说是被爱与苦束缚在一起的亲密伙伴，因为我们全都会有离开世界的一天，任何生命都无法逃离死亡的命运。但是，我们也绝对能以“关爱彼此”来让离别之苦稍稍减轻一些。**只要我们能扩大心中的慈悲范围，生命一定会更美好无忧。**

Chapter 3

世界充满神秘

如同黑夜里所有的猫都是黑的一样，在超意识的黑暗森林里，所有生命，包括野兽和人类，看起来都差不多，又有谁能分得清楚哪个是野兽，哪个是人类呢？

这个世界充满了奇异事物及神秘之谜，
有时它的无尽神秘会让我们感到害怕，
并以幻想出来的鬼魂及亡灵，
来填满黑暗与未知。
其他动物是否也能感受到这些神秘事物呢？

事实上，
他们也住在一个常有无解之谜的世界中，
偶尔还会出现超自然的征兆和迹象，
——就和我们的世界一样……

我不确定自己是不是相信鬼魂的存在，但是我和大多数人一样，当遇到无法解释的怪事时，就会全身起鸡皮疙瘩。虽然我倾向对这些超自然现象保持观望存疑的态度，但我认识的许多人都曾有过奇怪难解的经验，而且很多都和动物有关，这些事总是会让我疑虑或动摇。

一 流连徘徊的灵魂

举例来说，我母亲就曾在罗马经历过一次不可思议的狮吼事件。那是她第一次到欧洲旅行，飞机降落时已是深夜时分，她和两位旅伴直接从机场搭出租车到预订的旅馆投宿，隔天早上，她向朋友们抱怨说整晚都无法好好地睡觉，并且问他们："你们都没有听到那些狮子的吼叫声吗？"那咆哮声几乎令她整夜都无法入眠。不过，其他人都满脸困惑，因为他们听不到任何声音。她的一位朋友叫马丁，曾经多次造访这个城市，因此很清楚这附近并没有动物园或马戏团，不过他接着就皱起了眉头："你知道吗？"他问道，"我们离竞技场遗址只有不到一条街的距离。"言外之意就是，那些吼叫声可能是来自数百年前在竞技场中搏斗的野兽。我觉得，这件事一方面应该有更简单的解释，但是另一方面，我又始终心存疑惑，想不透母亲那晚听到的声音到底是什么。

后来，一名住在南加州的读者写信给我，跟我说了一个诡异的故事，故事跟他们家养的宠物欧罗有关。欧罗是一只有着橘色毛皮的猫咪，刚跟着他们全家搬到新宅，欧罗看起来似乎适应得相当不错，只有一件事特别奇怪，那就是：欧罗在新家的每个地方都能自由自在、无拘无束地随意行动，可是每次她经过客厅与餐厅之间的门槛时，总是会飞跳起来，仿佛有什么东西挡住了她的路，使她必须跳过似的。就在他们搬进新家几个月后，前任屋主打电话来，在闲谈中偶然提到了他们钟爱的一条老狗，特别喜欢睡在那门坎上，不过这条爱狗在好几年前就已经去世了。那么，欧罗之所以会有那样的反应，是因为门槛上还残留着那只狗的微弱气息吗？还是在某种微妙的层次上，猫感觉到了那条狗仍然徘徊在那儿呢？我想我永远也无法得到真正的答案。

在我服务的第一个教堂里，也曾有过同样的困惑：听说那座教堂里有一个名叫华特的鬼魂，许多人都曾看见过他。华特在生前就是教徒，不过总是有那么一点点孤僻，但是，当华特知道自己患了不治之症后，就和教会的伙伴们一起面对这个危机，并展开了一段成长与发现之旅。他得到了一个勇于面对恐惧的机会，并从中探索了之前从未有人公开分享过的感受，在这个过程中，所有人之间的关系都变得比以前更加亲密，他们建立了一种前所未有的紧密关系。在华特死后，跟他最亲近的一些朋友仍然可以感觉到他还在这栋教堂之中，甚至有两三个人曾在教堂中听到过他的声音，还有人曾在眼角余光中瞥见他的身影，但是当他们转过目光想要直视他时，华特便悄然消失在角落里……

在我就任牧师之后不久，这些鬼故事就开始不断地传入我的耳中，我并不很确定要如何来处理或解读这些故事，不过它们的确令人紧张。因为我周围的人们，大都和我一样具有大学教育程度，照理说应该不会迷信。可是在我念哈佛神学院的 3 年期间，学校从未开过关于幽灵的课程，也没有教过我们应该如何面对这些事情。

不过，在我的牧师经验越来越丰富之后，我就愈能了解，这些事其实相当正常且普遍。举例来说，大部分的丧夫妇女都曾表示，在她们丈夫死后的几天或几个星期内，仍然会听到或看到她们已经死别的配偶。若我们喜欢，可将这些经历称为“幻觉”或是“潜意识产物”。当然，我们也可以猜测，这种无意识状态正是通往真实世界另一个象限的频道。不管你赞成哪种解释，从各种临床经验来看，这样的经历都非常正常的，因为我们所有人的心里，都存在那么一点“迷信因子”。

㊁ 面对未知时，所有生命都会害怕

我自己也有过一些令人脊背发凉的遭遇，但大部分事情到最后都有一个非常简单的解释。例如某一天夜里，我和我太太被一种恐怖的声音惊醒：那诡异而哀恸的叫声，就从我们床脚下一阵又一阵地传来。在我们揉揉双眼驱走睡意及恐惧后，仔细一看才发现，原来是我们的狗正沉浸在深熟的梦境中。我们以前从来不曾听过他这样叫，不过很显然，某种无意识的记忆在他的梦中被释放出来，这段记忆也许可以追溯到他的曾祖父还是一匹狼，或他的祖母仍是只北极雪橇犬的远古时代。

据我所知，大部分鸟类以及哺乳类都会做梦，因为他们睡眠时眼球会快速颤动，而这正是人类做梦时的典型表现（基于某些特殊的原因，针鼹是个例外）。快速眼动睡眠（REM Sleep）是由脑干——那是大脑中一个较老的区域，位于脊髓正上方，是所有脊椎动物都有的一个器官——产生的。因此，也许青蛙和鱼也都会做梦。做梦的直接证据通常很难取得，但是相关研究表明，会模仿说话的鸟类，如鹦鹉和八哥等，都会在睡觉时说梦话。而我也和所有养过狗的人一样，常常看到我的狗闭着双眼躺在地板上，脚爪紧抓地面、嘴唇后卷且双耳竖起，仿佛正在夜晚的林间小道上追逐某只幻想出来的松鼠。

没有人真正知道其他动物会梦见什么，但是如果他们和我们一样会做梦，那么他们的内在世界，很可能也充满了各种奇异的景象、恐惧以及幻想。研究动物行为的科学家们似乎都认定，动物的智能只专注发挥在收集食物、找寻伴侣或逃离敌人等生活的实际面上。然而我们也清楚地知道，人类的意识里其实存在许多意念，而且都是属于非基本生存层面的，或者说并非建立在确切的事实基础上的。我们的内心同样都充满了阴影与幻象：包括灵魂、鬼怪以及超自然的第N类接触等。

因此，动物很可能也和我们一样，有着某种“超自然”的神秘感受与想法。比如说我教区里的一名会众——埃玛·费斯克（Elmer Fisk），就非常确定他的狗相信有鬼魂存在。埃玛所说的故事发生在他和家人正准备搬到新家的时候，当时他们已将家里的物品分类打包好，只等隔天早晨货车一来就可以直接搬上去。忙到深夜时分，他拿着原本以为应该是最后一袋的垃圾往垃圾场走去，袋里有一个纸糊的人头，是他的孩子在前一年万圣节时做的，根据埃玛的描述：“它和真的人头大小相差不多，表皮看起来凹凸不平、苍白且呈浅绿色，还有一双用废弃小灯泡做成的眼睛，样子恐怖极了。”他认为这颗头应该还留有最后一次吓人的机会，所以并没有把它直接丢在垃圾堆上，而是刻意小心地将它放在一堆刚烧完的炭灰后面，让它看起来像是一个正从炭灰上伸出头来偷窥的人。

等他回到家时，发现家里又清出了更多的垃圾并堆在屋子后面，因此不得不再到垃圾场一趟，而这次他养的狗傻蛋，非要跟着一起去。傻蛋是一只边境牧羊犬，有着距离很宽的大眼睛和褐白相间的长毛，虽然他的名字很卑微可笑，但是埃玛告诉我，傻蛋其实是一只非常聪明的动物，因此，当这只敏锐的狗看到那个在灰烬堆后面偷窥的古怪小人时所做出的反应，实在是令埃玛感到非常讶异：

> 傻蛋和我同时看到那颗人头，接着他立刻做出一种我从未见过的反应：他背部的毛发全部直立竖起，嘴唇往上卷起，露出他的利牙，同时，一阵低沉的呜吼声从他的喉咙间扩散开来，他的身体颤抖得非常厉害，以至于整部车子都跟着摇晃起来。傻蛋并不是最勇敢的狗，他对任何尖锐的声音都怕得要命，不管是雷声还是玩具枪声，都会令他恐惧不已。但是我相信，如果在垃圾堆后面的是一头熊，甚至是一只狮子，他都会毫不犹豫地扯开车门去追击。但这次他面对的是个完全不一样的对

象，不管傻蛋看见了什么，那肯定是他过往经验中从未遇过的东西，因此对他而言，那就是某种不属于真实自然的事物，如果你喜欢，也可以称之为“超自然体验”。当我们掉头开车回家时，傻蛋一直没有把目光从“那东西”上移开，他伸长着脖子死盯着它，直到再也看不见那个东西时，身体才整个放松下来。

在取笑他或是自认为比较优秀之前，大家不妨扪心自问：若是易地而处，自己的反应难道会有任何不同吗？如果当时我也在那个垃圾场里，可能也会和那只可怜的边境牧羊犬一样害怕！心理学家很早就发现，对黑暗的恐惧（以及对可能潜伏在黑暗中的那些莫名威胁的恐惧），是人类与生俱来的本能或情感之一，因此，虽然我并不一定相信妖精和食尸鬼，但是每当夜深人静之时，只要有东西发出诡异的咯吱声及碰撞落地声，我内心深处仍然会感到恐惧与畏缩。不论我们自认为多么文明睿智，不论我们受过多高等的教育，在面对未知的事物时，所有的人都还是会感到害怕。

㊂ 在黑夜里，所有的猫都是黑的

在面对未知的事物时的令人发冷发毛的感觉，和普通的恐惧完全不同，因为它并不是基于理性的反应。事实上，那绝非单纯的害怕，而是一种更近似于敬畏的情感。哲学家鲁道夫·奥图（Rudolf Otto）在《神圣的概念》（*The Idea of the Holy*）一书中，曾经提到过，这种面对所有神秘诡异、毛骨悚然及怪诞鬼魅事物时所产生的感觉，是人类最原始的精神心灵体验，就好像有时我们会觉得，自己仿佛身处某种无法解释且完全超出我们理解范围的东西之间，而这个“东西”，就是奥图所说的“令人震慑畏惧的神秘”（Mysterium Tremendum），也就是一种压倒性存在的神秘感。

虽然不可思议的神秘事物对我们具有某种吸引力，但它们同时也令我们焦虑不安。我们往往会用各种可怕幻想和无解噩梦，来填满那些未知事物所带来的想象空间，这就是为什么迷信与宗教总是只有一线之隔。不管一个人是基于意识还是超意识来行动，这两者都是心灵对于某个无法解释的世界所做出的反应。

奥图说："对超自然事物的恐惧，是全世界人类心理上的共同特征。"每个种族文化的人们，都用自己所创造的各种恐怖事物——恶魔、妖怪或是吵嚷胡闹的鬼来填满黑暗带来的想象空间。虽然动物对黑夜的第六感可能不像人类那样，创造出这么多千奇百怪的妖魔鬼怪，但是对无法解释之事物的畏惧，却似乎是所有生灵与人类共有的一项特质。如果一切就如奥图所言，这种恐惧的感觉是一切宗教动力的起源，那么，人类很可能就不是这个星球上唯一具有灵性的生物了。我的朋友埃玛·费斯克说，在垃圾场事件后不久，他的狗傻蛋又有了一次恐怖的经历：

> 那是个起大风的10月的夜晚，我们刚搬进位于柏林顿的新居，傻蛋躺在餐桌与通往天井的门之间的地板上，正睡得香甜。屋外的狂风吹着落叶拍打在屋墙上，发出劈呖啪啦的声响，突然间，一阵怪异的强风将内外两扇门同时吹了开来，同时唏哩哗啦地把一大堆橡树枯叶扫进屋子。
>
> 当这些枯叶直接往傻蛋睡觉的地方飞去时，他早已不在那儿了。因为，当第一阵强风与落叶飕飕地刮进来时，傻蛋立刻像弹簧似的跳离地板有0.3米高，并且在着地的同时立刻开跑，不过他只能在原地打转，直到站稳了为止。这期间，他一直睁大着眼睛朝门的方向看，虽

然那是令人毛骨悚然的几秒钟，但是除了风及枯叶外，我并没有看见任何东西进到门内。不过，我想傻蛋可能认为是魔鬼，或是那个在垃圾场的绿色小人跑进来了。

在大脑深处，动物和人类都同样具有某段时光的记忆，那是一段世界充满了生气与魔力的时光，在那段时光中，逝去先祖们的声音会一直回荡在树叶的低语及流动的风中。或许，我们都有某种超自然的感应能力，因此总是感到不安或疑虑，总觉得“天地间还存在着某种东西”，是人类眼睛看不见、感官也觉受不到的。

动物们也有这种对于神秘事物的觉知吗？答案似乎是很肯定的。就像人类一样，他们也居住在一个充满疑虑的世界上，而且会因此引发一些令他们胆怯畏惧的幻想。在最诡异的时刻，他们会竖起毛发，专注地望着空无一物的地方，或是毫无理由地从喉咙间发出呜呜低吼的声音。这是因为他们看到了某个鬼魂的出现，或是感觉到某种无形的东西存在吗？抑或他们也和我们一样，感觉到这个世界是一个极其诡异又神秘难解的地方？

没有人知道真正的答案，但是在黑暗的夜里，所有的猫看起来都是黑的。**就像在超意识的黑暗森林里，我们所有人，包括野兽和人类，看起来都差不多，又有谁能分得清楚哪个是野兽，哪个是人类呢？**

Chapter 4

心灵在歌唱

当最后一只云雀落入沉默，世上某种神圣的事物亦将随之消逝，生命的乐章将会戛然而止，而世界，将永远寂静……

所有上帝创造的生物，
在大自然的合唱团中都有一个位置，
各自唱着一段受欢迎的副歌，
有些音高，有些音低，有些在外头的电线上欢唱。
但鸟儿为何要唱歌呢？
是本能？
还是和人类的作曲家和音乐家一样，
有着创作的欲望与动力呢？

我们越深入研究动物和他们的歌，
就越能清楚了解：
在生命的交响乐章中，
人类并不是唯一的乐手。

我周围的很多人都喜欢音乐，虽然我很想相信大多数来做礼拜的人，都是来聆听我生动精彩的布道，但是我心里知道事实并非如此。每个星期天的早晨，我们都以价值百万的管风琴搭配40人的唱诗班，演奏高唱出美妙的乐音。我很清楚，即使我再怎么能言善道，也不可能敌得过亨德尔或沃恩·威廉士（Vaughn Williams）的魅力。

● 还有多少动物也喜欢音乐呢

事实上，人类并非唯一会欣赏美妙音乐的动物。在 19 世纪，有一位名叫约翰 · 勒克门（John Lockman）的英国音乐家，曾经到契塞尔（Cheshire）乡间去拜访一位朋友，这位朋友的女儿经常沉浸在弹钢琴的快乐中，而每当她弹奏亨德尔的歌剧《阿德墨托斯》（*Admetus*）中的“希望”（Speri si）一曲时，一只住在附近鸽舍中的鸽子便会飞下来，停在女孩弹琴的房间窗户边，“用显然非常愉悦享受的心情聆听着这首曲子”，等到曲子结束，他就立刻飞回巢中。不过，也只有“希望”这首曲子，才能够引起这只热爱歌剧的鸟儿如此大的兴趣。

除了鸟类之外，其他生物或许也有类似的嗜好。有位音乐治疗学家注意到，每次她坐下来练琴时，她的猫便会爬上来，懒洋洋地呈“大”字型躺卧在钢琴顶上，于是她突发奇想，决定研究其他动物对这类音乐的反应。她很快地就开始在印第安纳州西德尼的一座小型制酪农场里进行实验，那儿有 42 头从未听过音乐的霍斯坦乳牛，在为期 13 天的实验期间内，她让乳牛们聆听大量古典乐、摇滚乐和西部乡村音乐，结果显示乳牛是非常有品味的听众：当她播放贝多芬的C小调第五号交响曲和海登的C大调第七号交响曲等美妙的古典乐时，乳牛的产乳量提高了近6%；然而当重摇滚乐团Kiss的狂放音乐从音响中爆发出来时，乳牛的产乳量则大约会下降同样的量。我比较好奇的是，这是否表示所有乳牛的品味都那么高呢？

但是，这位音乐研究员的推论是："就像人类一样，每只乳牛的个性都不一样。"有些牛会喜欢巴赫，有些则喜欢摇滚乐。

谁知道还有多少动物也喜欢音乐呢？希腊史学家希罗多德（Herodotus）（公元前484年～公元前425年）曾说过一个关于亚雷恩（Arion）的故事。亚雷恩一生以弹竖琴的技巧而远近驰名。有一次当他从大海归航，要回到故乡科里斯时，被一群凶暴的船员所拦截，他的金钱被洗劫一空，船员还准备将他丢进海里。这时，亚雷恩提出死前的最后请求，希望能在后甲板上，最后一次弹奏他的乐器，当他弹完曲子，便自己跳入浪涛中。此时，一只被他的琴声吸引的海豚游了过来，安全地将亚雷恩驮回岸边。这个故事也许只是传说，但却很有说服力，因为海豚和其他的海洋哺乳动物，都具有复杂的声音组织能力，白鲸甚至还被称为"海洋中的金丝雀"。不过，当人们说到会唱歌的生物时，第一时间联想到的并不是猫、牛或鲸鱼，而是鸟。

作曲家德弗札克称鸟类为“真正的大师”，因为他们是天生的音乐家。好几个世纪以来，人们一直疑惑着鸟儿为何要歌唱。在遍寻不到答案的情况下，人们认定他们的美妙歌声应归功于“上帝的荣耀”。直到1920年，艾利特·豪尔（Eliot Howard）出版了《鸟类生活的领域》（*Territory in Bird Life*）一书，才首次出现较精确的鸟类歌唱理论，从此人们才明白，鸟类歌唱有其实用的理由：吸引异性以及捍卫筑巢的地域。

我们已经知道，鸟类中鸣声最嘹亮的大多是雄鸟，他们大都有地盘却没有配偶，而在同时面对两位追求者时，雌鸟会比较偏爱能鸣叫较久的雄鸟。不过，虽然鸟类的鸣声有性方面的功能，但并不代表没有其他方面的涵义。就好像人类的调情追求的确有助于我们种族的繁殖，但对于参与者而言，这同时也是一个巧妙且快乐的过程。

㈡ 我唱故我在

我在好几年前开始对鸟类产生兴趣，每天早上，我会走到家附近的一个小公园，在绿意间静坐冥想，展开新的一天。在“观察呼吸”几分钟后，我就开始注意观察周围的事物，附近灌木丛间的低语及鸣啭，特别吸引我的注意。那儿有家燕、黑头山雀以及灰蓝灯草巫鸟，过去我从未仔细倾听他们的歌声，因为那时鸟儿的音乐在我心里并不太重要。然而，当我开始注意到他们之后，就开始感到疑惑：为何这些长满羽毛的歌手会歌唱呢？

或许，就如同 19 世纪英国诗人葛瑞德 · 曼利 · 霍普金斯（Gerard Manley Hopkins）所言的一样，歌唱是鸟类用来宣告自身存在的方式：“我来到这里就是要大声宣告，这是我所唱的歌。”一首特别的歌曲能让一只鸟儿突显自身的存在，避开潜在的闯入者，吸引同类异性的注意。不过相关研究分析指出，鸟类的歌声比单纯的自我声明要复杂得多。

幼鸟开始歌唱，就像婴儿开始说话一样，以一种恣意流畅、迂回曲折的方式来探索声音。比起其他许多生物，鸟类还能以声音来“演奏”，不单只是用他们本身的歌声，甚至还会利用他们周遭环境的声音。研究员指出，许多鸟会一再地重复“捡起－再丢下”某些物体的步骤，很显然，他们全然地沉醉于自然界所制造出的声音之中。而由他们天真的咕咕声与即兴的啁啾声中，成熟的鸟儿会逐渐地发展出更模式化也更实用的情歌。

另外，鸟儿的鸣叫也包括了强烈的学习因素。音调的啼鸣及警戒性的呼叫，似乎是与生俱来的，而且大部分的鸟儿很可能在学习啼鸣的时候，对于声音的样式，天生就有不同的偏好。甚至某些种类的鸟，鸣叫出来的声音是经过基因编码的。许多案例显示，如果将在笼中饲养的幼鸟，和其他同类的成鸟隔离，会使他们学错鸣叫声：一只西方草地鹨会像巴尔的摩金黄鹂一样鸣叫，也就是因为如此。

除此之外，就算是同种族的鸟类，若是居住在不同的地方，也会发展出不同的“方言”，这正是“啼叫是经由学习而来的”的证据。具有高度模仿力的鸟类，如仿声鸟以及澳洲的琴鸟，都可以学习、模仿其他鸟类的鸣叫声：仿声鸟能模仿多达 200 种不同的啼声，而琴鸟则可以模仿火车汽笛声、汽车喇叭声、狗叫声，还有澳洲其他鸟类的鸣叫声。

因此，鸟鸣绝不是一种机械化的技能，而是像人类的大脑一样，天生便具有学习语言的能力，只是无法一生下来就会讲英语、法语，或是北印度语罢了。蟋蟀和蝉的鸣叫，或多或少都是依靠本能（虽然昆虫也能改变他们鸣声的频率，来使曲调同步），但鸟类天生就具备音乐能力，且没有限定在固定的曲调之内，可见鸟类在选择鸣声上，非常的自由。

㊂ 忘了音调却依然美妙

他们啼唱得如此美妙，难道仅仅只是个巧合吗？当然，并非所有的鸟类都能发出响亮啼声，多数种类的鸟，会使用比人类最前卫的作曲家更粗糙且不协调的音符，不过令人惊讶的是，许多鸟类相当没有音感。有一种鸟叫马拉巴紫啸鸫，鸟类学家说他们“遗忘了音调，但仍然呼啸着。”然而，最好的歌手会利用所有的元素，如音色、音程、节奏、主旋律，以及复杂且有多种美妙组合的变奏曲，那么，如果缺少了艺术化的精心编曲，那音乐又会是什么呢？

当我询问教会合唱团的指挥，鸟类的啼叫可否视为真正的音乐时，他强烈否定这个想法。在他看来，只有人类所作的曲子才真正具有创造性。然而，自然界的音乐并不能被排除在音乐的本质之外，鸟儿虽然无法解释旋律从何而来，但莫扎特一样也没办法解释，这位伟大的作曲家，在写给朋友的书信中承认，旋律是自然涌入脑海中的：“我不知道他们从何处来，又是如何出现，我也无法强迫他们出现。”

音乐，是我们心灵本质的表现，是灵魂的语言，从内心

的源泉及洪水中涌出。作曲家罗杰·塞琼（Roger Sessions）曾经这么写道："（音乐是）以拍子及活力，重现我们心灵个体上最私人的精华：包括我们的平静及不安、我们的活泼及沮丧、我们的活力及弱点。实际上，这些全部都是我们内心生活中强而有力的变奏曲。"

比起人类，鸟类的生活步调可以说是快了许多，这也是为什么鸟类的鸣声中，每一个音符总是如此短促的原因，有时候甚至只能以摄谱仪才能辨别出来。那么，为什么鸟类的乐曲长度最多只有几秒钟呢？比较起来，人类的交响乐长度则有一小时甚至更久。原来，鸟类的新陈代谢较快，人类对他们来说，大概是既懒惰又迟钝的生物吧。就像我们的音乐反映出我们内心生活的节奏及强度，鸟儿的音乐也表现出他们亢奋且非常紧凑快速的生活方式，这就是为何鸟类多以较高的音域来鸣唱，其实就像留声机以较快的速度播放时，声音就会显得比较高一样。

四 当最后一只云雀落入沉默……

不过，非常令人惋惜的是，我们也许很快就会失去聆听鸟儿歌唱的乐趣了，因为最近有统计显示，鸣鸟的数量正直线下降，不管是因为杀虫剂，还是失去栖息地的关系，许多鸟类的数量都下降了三分之一。华盛顿大学的生物学教授理察·寇勒斯（Richard Coles）观察到，自从1980年以来，在位于圣路易附近、占地2000英亩的泰森研究中心（Tyson Research Center）里，野生动物保护区中迁徙的莺鸟数量下降了30%左右，他们都是很常见的鸣鸟，在北美约有50种不同的种类。此外，成群的鶲、鸫、鹃以及其他鸟类，数量也在减少之中，只有部分鸟类，如北美红雀，似乎还能支撑得住；但受到最大打击的，是那些冬天迁移到热带地区的鸟类，甚至连整年都居住在北方的鸟类，也因为森林的减少而大受影响，他们变得更容易受到寄生虫及掠食者的侵害。

随着逐年被清空的土地，人们不断建造新家以及购物中心，瑞秋·卡森（Rachel Carson）在《寂静的春天》（*Silent Spring*）中的警告，如今正逐渐得到了验证。大多数人也许都没注意到有何不同，但这个世界的音乐变少了，而且渐渐成为一个更为荒凉且不协调的世界，推土机的噪音早已淹没了田野林地间的美丽旋律。

世界也因此变得不迷人了！自古以来，人们就将鸟类与艺术、神话以及文学中灵魂的神秘领域联想在一起。早期的基督教徒把圣灵想象为鸽子的模样；印度的《孟达卡奥义书》（*Mundaka Vpanishad*）中，则将“有限”及“至上”的灵魂（低层的自我及高层的自我）比喻成依附在同一棵树上的两只鸟，而这棵树便是我们的身体；对希腊人和埃及人来说，死后灵魂的升华，皆由灵魂之鸟（一只向上飞翔的人首鸟）来代表；而在伊斯兰的艺术中，离开躯体的灵魂，则像鸟一样在天堂展翅翱翔。由此可知，天使会被描绘成有翅膀的模样，绝非偶然。自由、喜乐、活力及生气，使鸟类成为神圣的象征。

鸟儿以他们的歌颂，启发并鼓舞我们。19 世纪的小说家兼诗人乔治 · 麦瑞迪斯（George Meredith），曾写过一首赞美诗《云雀升空》（*The Lark Ascending*），如今在某些教堂的圣歌书籍中，仍然有这首诗：

直到歌声充满天堂，
缓缓灌注对大地的爱呀，
可爱的云雀，

不断地向上飞啊飞，
我们的溪谷是他的黄金杯；
他是满溢的美酒，
离去时鼓舞我们的心神。

虽然鸟儿并非是为了歌颂“上帝的荣耀”而鸣唱，但他们的确有创造的能力，而这样创造力便是造物主的标志之一。每个作品都有超越个人的要素存在，而鸟儿及人类的音乐之中，最优美的部分就是那“满溢出来的美酒”。

当最后一只云雀落入沉默，世上某种神圣的事物亦将随之消逝，生命的乐章将会消失，而全球的教堂也将失去唱诗班，世界，将永远陷入寂静……

Chapter 5

灵魂会被优美所煽动

艺术的产生来自于心灵的渴望，我们以表现自我心灵之光的方式，来响应周围的世界。不过很显然的是，我们人类并非是唯一爱好艺术的生物。

诗人隆费罗（Longfellow）宣称：
上帝的杰作是大自然，
人类的杰作是艺术。

其他的生物也有艺术天分吗？
他们会欣赏画及颜色、
外形及优美的事物吗？

——人类不是唯一会经由艺术来表现内心的生物，
其他物种似乎也有美学的需求。

我有一位朋友，他是当地知名的雕刻家，曾经开玩笑说："有些认识我的人，会说我的艺术重点就是用铁锤东敲西打，加上玩弄一些电动工具，好把全身弄得脏兮兮的。"不过，他又接着补充说，在他焊接、铸造金属的背后，有某些更严肃的事物在推动着他："我必须以初学者的心态来洞察观看，并把这影像连接到心灵的源头，就像透过电阻来重建一个更清晰的影像一样，我得紧紧抓住这些能传导更深沉能量的高压传输线，因为那些能量是创造及维持我们灵魂的源头，同时也是让灵魂更坚强有力的重要力量。"

➊ 动物也有艺术天分

我朋友的这番话，是在教会一年一度的一项活动——“宗教与艺术”中提到的。当时我邀请了会众当中的雕刻家、陶艺家或版画家等，来探讨心灵与艺术创作之间的关系。而我也在几年前开始学习绘画时，才逐渐了解这两者之间的关系。我祖父是一名艺术家，我母亲也会绘画，而我的兄弟还是位美术老师，我在家中总是被认为没有艺术细胞，因此在开始学画时，总会特别需要一些勇气。不过，我现在相信，所有人都是有艺术细胞的。我们每一个人都会有艺术的冲动，在一张诱人的画布上，填满鲜亮的色彩以及悦目的线条，这样的一个活动会带来一种发自内心深处的满足感，我就常常花好几个小时，专注在我的水彩及丙烯画上。

就如同我朋友所讲的，艺术作品是灵魂的形态之一。不过很显然，我们人类并非是唯一爱好艺术的生物。1982 年，一位抽象派表现主义的权威人士、雪城大学的美术教授杰若蒙·威特金（Jerome Witkin），受邀去看一位神秘画家的画集。虽然这位教授当时正忙着准备一项巡回展览，不过他还是非常好奇地接受了这项邀请。

“这些画非常有感情，而且也非常非常漂亮。”看到代表作品后，他这样说：“这些画是如此地积极、中肯而且强烈，力道又是如此结实且恰到好处，真是不可思议。”

“这件作品非常优美典雅！”他对着其中一幅画说：“我还没办法教我大部分的学生画得像它这么好。”

直到威特金发表完他专业的评论之后，他才知道，原来这名画家的真正身份其实是一只 14 岁、3800 千克的亚洲象，她的名字叫做西里，住在雪城的伯纳公园动物园（Burnet Park Zoo）之中。西里的饲养员戴维·古瓦（David Gucwa），发现她会用树枝以及石头在沙土上画着一些线条，虽然动物园的主管认为，大象懂艺术实在是个可笑的想法，不过，古瓦仍坚持自己所看到的。他给了西里一些纸以及炭条，好让她能更自如地表现自己。

西里的确很有天分，但是却并非独一无二，因为所有的大象都会画画，而且他们的画通常都能得到大家的喜爱，也可以卖到好价钱。有些动物园甚至开始利用大象画画来赚钱，这是跟我写这本书最大的不同之处，不过，大象并不是为了赚钱而绘画的，不管有没有销售员帮他们卖作品，他们都一样会画，而且在我们所认识的动物中，大象是唯一自发且未经过训练就会画画的动物。

● 我们都需要借艺术来表达自我

虽然如此，但这并不意味着其他动物就不喜欢绘画，在20世纪50年代，戴斯蒙·莫瑞斯（Desmond Morris）针对非人类的灵长类动物，做了一项艺术能力的研究，结果发现：给他们合适的工具，他们马上就能熟练地使用画笔以及颜料。在《美术生物学》（*The Biology of Art*）一书中，莫瑞斯描述了几件作品，分别是由23只黑猩猩、2只大猩猩、3只红毛猩猩和4只卷尾猴所画。其中有一只叫“刚果”的黑猩猩，共画了超过400张画，因此被称为“巨猿中的毕加索”。

虽然他们大部分只是弄脏画布或乱画，但灵长动物的画绝非无意义的涂鸦，它们展现出明显的对称性和平衡感。如果在一张白纸的一边画上图，黑猩猩会在对称的另一边开始画，使这张画能对称；要是拿给他们一张未完成的图画，如由好几个点所形成的圆圈，但其中缺少了一个点，动物们一定会补上缺失的那一点。一开始刚果只是在纸上画相互交叉的直线，慢慢地就会画扇形、圆形了。所有的黑猩猩都喜爱绘画，刚果常常会很快乐地画上一小时，沉浸于他自己的创作中。莫瑞斯推论："人类和猩猩都有一种与生俱来的需求，都需要借由艺术来表达自我"，而且似乎都在"为艺术而艺术"中感到愉悦。

灵长类研究员罗杰·福斯（Roger Fouts），也做过类似的相关调查。他在1981年时，曾经举办世界第一个"猩猩印象派"的艺术展，参展的作品是4只猩猩创作的，他们各自拥有相当独特的风格，譬如，4只猩猩皆被教导以手势来沟通，因此他们都能为自己的作品命名。华修的作品用色明亮、狂野，因此她将作品取名为"电动火红"；而魔杰可能是第一个能画出再现主义风格的非人类画家，她不断地用圆形来表示"莓果"，用放射形状来表示"花朵"，不过鸟儿才是她最喜欢的题材，而且还用下坠的线条来表示飞翔；塔图则专注于绘画创作，在未完成一幅画之前她通常不会吃饭；不过，大多数的黑猩猩都不太会使用画具，以一个"现代表演艺术家"的姿态来看，达尔会吃自己的画作。

无论如何，这些动物的确很喜爱挥洒水墨，但他们的作品可以称得上艺术吗？福斯并没有直接回答这个问题，他另外讲了一个关于黑猩猩艾丽的故事。20世纪50年代，福斯研究过艾丽。艾丽那充满干劲的作品，跟行动派画家杰克森·波雷克（Jackson Pollack）极其相似，当时评论家对杰克森的作品评介很高。然而相当讽刺的是，一只猩猩随便在画布上乱涂鸦，也能创造出跟"著名画家杰克森"一样好的作品。此外，福斯的一位学生，为了让艾丽的作品得到更专业的评价，便将她的画作拿给一位艺术史学家看，并说这是一位非常有天分的朋友画的。这位艺术史学家看了以后非常着迷，并高兴地讲："我知道波雷克又回来了！"不过，福斯并没有说明，当那个史学家知道那幅画作出自猩猩之手后有什么反应。

然而，就西里的故事来说，杰若蒙·威特金就完全不介意，自己高度评价的画是由一只大象所画："在得知这样的作品是大象画的之后，我的印象反而更深刻了。"他说，"我们身为人类的自尊心，已经完全蒙蔽了我们的眼睛，使观察其他生物有艺术性表现的可能性越来越小。"

㊂ 以内在的心灵之光来响应这个世界

艺术的产生来自于心灵的渴望，每个人都渴望在世界上留名，都希望能将我们生命的能量，灌入一件超乎世俗的作品之中，增添自身存在的价值。我们以表现自我的心灵之光的方式，来响应围绕着自己的世界之光，当两者的频率产生共鸣时，这个世界便会显得更亮丽、更明晰。然而，西里的创作是否是她对自我表现的一种渴望呢？大象、猩猩和人类一样有艺术创作念头吗？我们如何得知大象脑中在想什么，或大象是否有思想呢？我们该如何处理这些令人费解的问题呢？

类似的问题吸引了艾伦·图灵（Alan Turing）的注意，他是现代计算机的发明者之一，也是人工智能领域的先驱者。图灵最专注思考的问题是：计算机是否能有自己思考的一天？机器会有思想吗？当图灵提出这个问题时，计算机科技还处于初期发展的阶段，不过，时至今日，人类还是没能以程序或芯片，制造出媲美人类智能的东西。不管这个问题在理论上是否可行，我们真的能让纯物质变得有灵性吗？机器能创造艺术、为自身的存在感到困惑、欣赏笑话，或担心有一天自己会被淘汰吗？

这类问题，人们是永远也问不完的，不过，图灵尝试了另一种较为实际的方式，以寻找问题的答案：他发明了测试灵魂是否存在的方法。图灵的发明被称为“图灵测验”或“模拟游戏”，这个测验需要两名打字员。如果将两台计算机终端机，分别放在不同的房间里，并以某种方式让两个房间的人可以互传讯息。这个测验的目的在于分辨是谁（或什么东西），在使用另一个房间内的键盘：是人类抑或是机器？如果机器能骗过人类的采访者，让他（她）相信自己是在跟另一个人交谈，这样机器便通过测验了。如果机器能像人类一样回应，拥有人类的个性、复杂性以及独特性，那么从任何方面来看，这部机器都算是拥有了人类的智能。

图灵的测验跟“西里的创作是否是真正的艺术”的问题，有某些关联。因为至少从哲学家笛卡尔的时代开始，动物就一直被视为生物机器，他们不仅被视为非人类，而且还是一种比人类低等的生物，只是靠着天生的直觉本能在行动，并且只能用制式化及可预测的方式，来对外界做出反应。因此，在笛卡尔看来，只有人类才拥有意识、自由意志、道德及艺术观。

图灵含蓄地质疑了这些偏见，他认为西里的创作或许比不上 17 世纪的荷兰画家伦勃朗，但是如果能愚弄专家的双眼，那么至少可以说明，它们是很优良的冒牌货。如果西里的每张画作在人们看起来都是真正的艺术品，那人们就没有任何理由可以否定它们的艺术地位。

雪城大学美术教育系的系主任兼儿童艺术权威霍普·艾尔文（Hope Irvine），在还没得知作家真实身份的情况下，也看过西里的画。

她说："这些画看起来不像是孩童画的。"她认为这些画的技巧太成熟，而且画中还表现出绘画者对线条的厚度及方向的高敏感度："另一方面，成年人也有可能胡乱完成这样的画，但这些画作在我看来并不像乱涂鸦，它们并非被凭空创造出来的，在这位作家的心里一定有某种目的，而这个目的应该跟某些事物有所关联，不管是音乐还是运动。"艾尔文教授最后的结论是："如果是小孩子的画，那真是太不寻常了，我认为这是成人画的。"

虽然我喜欢画画，但我并不是艺术方面的专家。对我而言，西里的有些画看起来只是无意义的涂鸦，但不可否认的是，有些看起来的确非常优雅，并具有强烈的设计感，有几幅画我甚至还想挂在客厅里呢！画作中清晰、稀疏的线条，常令我联想到日本的书法：粗黑的笔画对白纸有着充满力道、决定性的冲击。这些笔画不像是预先设计好的，而是某种自发性的意念在引导他们。

杰若蒙·威特金看了西里的作品后，与抽象表现主义画家威廉·德·库宁（Willem de Kooning）的作品做了一个比较："任何受过抽象表现主义传统训练的人，都知道画里某些无意识的笔画，会为这幅画留下错误或正确的印记。"威特金说："威廉·德·库宁是20世纪最重要的艺术家之一，人们赞赏他的画作，因为他的笔画是如此正确且诚挚地挥洒于画纸上。而如今呈现在我面前的画，也具有活力及几分相似的喜悦，与威廉·德·库宁最好的作品很像，真希望威廉·德·库宁能看看这些画。"

受到这些启发，戴维·古瓦及詹姆斯·亚门决定把大象的作品寄给这位伟大的画家看。当时威廉·德·库宁已经80岁高龄了，但仍然在他位于纽约东汉普敦的工作室作画，他当时正在筹备将于曼哈顿的惠特尼展览馆（Whitney Museum）举行的个人画展。接着，艺术的"图灵测验"开始了，结果表明，其他的生物，至少包括大象，也有表现艺术的天赋。威廉的妻子伊莲·德·库宁（Elaine de Kooning）本身也是一位优秀的艺术家，她回信说她跟她丈夫都对这些画有深刻印象：

> 我们觉得这些作品显现某种才能、果断性，具有原创性。不用说，当我们得知这些画是由一只大象所创作时，都惊讶得目瞪口呆。
>
> 德·库宁先生说："那真的是一只非常有天赋的大

> 象。”我们大约花了半个小时讨论这幅画，也将画作拿给我们艺术界的朋友们过目，他们跟我们同样感到讶异。
>
> 这些画并非胡乱涂鸦，也非偶然形成。它们拥有人们在动物园及马戏团所看到的，大象所表演小舞步的那种节奏感及活力。德·库宁先生和我都对这只大象未来的艺术生涯深感兴趣。

西里的创作所具有的新鲜感及魅力，引来了仰慕者的称赞。她的草图究竟算不算是真正的艺术品，则要根据不同的想法而定——有些人选择相信自己的双眼：凡是看过西里的作品而且没有先入为主观念的人，都为她杰出的作品质量而喝彩；但有些只相信自己的既定印象：只认为大象是“愚笨的动物”的人，大概永远都看不见西里作品的优点。

我们是否太仓促地判定哪些动物具有艺术性，哪些没有呢？人类是否是唯一一种灵魂会被优美所煽动的生物呢？也许宇宙的光线和颜色，唤醒了西里内在的某种发亮的东西，唤起了她自身内在的光亮。但还有一种可能性值得我们仔细考虑：大象会画画的原因跟我们一样，纯粹只是为了娱乐及享受。

伟大的评论家约翰·罗斯金（John Ruskin）曾说，**艺术包含了“两个灵魂之间的交谈”**。必须是真正有心去看的人才能发现，西里是一只可以交流有意义事物的大象。

Chapter 6

万物互相关心

纵然不是所有生物都能辨别是非，但他们跟人类一样会受苦，受了伤也会流血。在不同的皮肤下，不管是光滑的、毛皮的或羽毛的，我们都是相互关联的。

哲学家伊曼纽·康德（Immanuel Kant）写道：

在我脑海中有两件令我感到敬畏的事：

一是繁星闪烁的星空，

一是内心的道德感受。

但人类是唯一拥有道德感的动物吗？

其他生物有对与错的观念吗？

——我们绝不是唯一一种，

会被慈悲和关怀所激励的生物。

事实上，

动物界里也充满了利他主义的表现。

就像大部分的教会一样，我所在教区内的会众，也组建了一支义务服务团，随时准备伸出援手帮助需要帮助的人，例如探望生病的人、拜访回乡的人，以及跟住在疗养院中的人联系，表达大家的关心。在某些教堂里，这些热心帮助别人的组织被称为“关怀委员会”，而在我们小区里，那些好心的居民被我们称为“俗家的牧师”。

我也曾经接受过他们直接而温暖的帮助，当时，我正开始写这本书，而我和太太都不幸染上了肺炎。于是，热心的会众们带了热腾腾的汤及砂锅菜，还有素食用的红番椒，到我家来帮助我们战胜这场疾病，他们还送了以大象图案做装饰的卡片，来鼓舞我们的士气。

在人们生病之时，教会所能提供的帮助，就是互相关心！这些义务服务团的成员们大多出于自愿，只要有人需要搭车去看医生，就会有人志愿来开车，似乎没有人刻意去安排这些工作，或是对这些每日的善行想太多，因为这是我们关怀彼此身心健康的自然表现。

➖ 关怀的天性

动物似乎也与生俱来就有这种宽宏的念头，有一天，我们当地的报纸刊登了一则新闻，一只幼小的瓶鼻海豚，出现在圣塔摩妮卡湾的激浪线内，正处于极度虚弱的状态。海洋资源保护员，并不确定这只动物得了什么病，但他们发现，有其他 4 只成年海豚，环绕在这只生病的小海豚身旁，努力地防止他搁浅在沙滩上。由此看来，海豚也和人类一样，会关心他们生病的家人及朋友。

亚里士多德（Aristotle）在很久之前就注意到这个事实，他在《动物历史》（*History of Animals*）一书中写道："据说在卡里亚海岸，每当有海豚被逮住或受了伤，就会有一大群海豚游进港湾并停留在湾内，直到渔夫放了被抓的那只海豚，他们才会离开。"他还观察到年幼的海豚身旁，总会有较年长的海豚陪伴以保护他。

除了海豚以外，其他的生物也展现了同样的保护模式，曾有一位牧师告诉我一个例子：有一只太平雀意外地撞上她的玻璃窗，很显然，这只小鸟因在她家后院吃了太多发酵的莓果而醉倒了（人类不是唯一会沉迷于酒的生物，只是其他动物还没有到“醉不上道”的制度）。幸运的是，那只鸟只是被这个碰撞吓了一跳，然后掉落在玻璃窗下的浓密叶子上。当他躺着不动时，其他两个伙伴便降落在他附近，一直在离它数米的范围内没离开，就像是鸟类的“关怀委员会”一样。一小时后，等那只受伤的鸟已经完全恢复，3 只鸟儿便一起飞回树林里了。

此外，野生的黑猩猩会带领其他饥饿的同伴，到有成熟果实的树上；母鸟会以自身当活诱饵，将掠食者引离她幼鸟的巢；非洲野狗会冒着生命危险，去攻击印度豹来解救幼犬。这些证据充分表明，利他主义在动物的世界是存在的，而关怀与分享对许多生物来讲也似乎都是“天性”。

第一个对动物的这种行为进行系统研究的人是查尔斯·达尔文（Charles Darwin），他在《人类的堕落》（*The Descent of Man*）一书中得到如下结论：“人类与高等动物思想的差异，只有程度的不同，并无本质的区别。”达尔文指出，所有群居的动物天生就具有保护团体福利的想法及念头：当群居的鸟类以及哺乳类动物看见危险的征兆时，便会发出警告的呼叫声；而某些动物，如鹅和海豹，甚至会派出“哨兵”。这样的行为中包含了许多自我牺牲的精神，因为“值勤”的动物需要冒较大的风险，而且还要放弃觅食及休息的时间。

同样地，动物也会合作、共同防卫敌人，就像麻雀会围攻老鹰一样。达尔文曾经举过一群猴子的例子：有一次，他看到一只老鹰袭击一只小猴子，小猴子紧紧抓着树枝不放，以免被抓走，他写道："他大声地求救，其他的猴群听到小猴子的求救声后，发生一阵骚动，便马上赶来救援，他们将老鹰团团围住，并从他身上拔下许多羽毛，让老鹰不再想着抓捕猎物，而是想办法逃脱。"

另外，这位伟大的博物学家指出，鹈鹕和乌鸦还会喂养并照顾失明的同伴，这类案例非常罕见，不可能是单靠本能而做出的反应。但很显然，动物会怜悯其他陷入不幸的同伴。

㊁ 忏悔的表情

因为长久以来跟人住在一起，所以狗似乎知道人类的特性。大部分的犬科动物，会针对人类对他们的称赞或责备做出直接的反应，并很快地将主人喜欢或厌恶的行为铭记在心。还记得每当我责备我养的狗奇努克在花圃上乱挖洞时，他都会表现得非常后悔，整个表情都变了：眼睛游移不定、头低低地垂下，后脚则弯曲蹲坐。然而当我夸他是一只乖狗时，他便又立刻摇起了尾巴。但是，我们新养的小狗，对于人类的认可就没那么灵敏了，不过，如果我斥责他，他还是会真心地忏悔，尽管为时不长。

如同大部分的爱狗人士一样，达尔文深信这位“人类最好的朋友”，拥有某种接近于良心的特质：“毫无疑问地，我认为狗也有羞耻心，这跟恐惧有明显的不同，当他们乞求食物太过频繁时，也会有类似心虚的感觉。而大狗会漠视小狗的咆哮，这也许可称为宽宏大量。”

但是，达尔文仍然不愿意承认动物具有真正的道德观，他认为真正的道德观，必须要具有智力的反省及识别力，并将自身行为与普遍的道德规范做比较。他找不出动物具有这种能力的证据，所以，他的结论是："因此，纽芬兰犬将一个小孩拉出水面、一只猴子冒着危险去救同伴或照顾一只孤儿猴子等举动，并不是道德。"

㊂“野蛮人”的道德观

然而，道德观到底是什么？是证明一些抽象原则的问题吗？还是只是单纯地在别人需要帮助的时候，自然地去帮助别人呢？人类早在发展出复杂的道德哲学之前，可能就已经会互相照顾、彼此体贴了，难道在较原始、尚无文字的社会里，人们的品行就和已在图书馆以及大学里研究过道德学的人不一样了么？

由此可见，达尔文虽然贵为伟大的生物学家，但却是一名差劲的伦理学家。他不只认为动物没有道德观，同样地，他认为“原始人”以及“野蛮人”在道德方面也一样缺乏。就如同多数维多利亚时代的绅士一般，达尔文深信，受过教育的欧洲人具有卓越的智慧力量，不论在智能还是在道德方面，都比“较不文明的”种族先进许多。以达尔文的观点来看，推论和道德自省的力量，应该缓慢地从野蛮生物进化到上流社会的画室及沙龙里的。

达尔文认为“野蛮人”的道德观狭隘且自利，而原始人则只关心自己身边的家族或部落；但是在道德进化的过程中，人类逐渐学会扩张他们的道德观，将其作用的范围扩大到自身的家庭以及亲属团体之外，延展到一个更宽广、更具包容性的观点。达尔文写道：“当人类的文明愈来愈进步，小型部落会结合成较大的社群，此时，任何一个单纯的理由都能让每个人知道，纵使他并不认识你，但我们仍应该将社会本能以及怜悯心，延伸到国家内所有的同胞身上，现在，这个目标曾经达成过，目前只有人为的障碍，会阻挠人们将同情心扩展至其他国家、种族身上。”但是，达尔文并没有察觉，人与动物之间的障碍也一样出自人为。

㊃ 如果将动物看成我们的同类

“家族”（kin）和“仁慈”（kind）是同源词，从这两个词的关联性可以看出，我们会特别重视那些被我们认定为亲人的人的感觉和需求：我们对自己人会比较热心关切，而对外人则会比较漠不关心。这样一来就有一个问题：有什么道德的相关特性，能使他人成为我们精神共同体的一员呢？

在许多不同的时代之中，种族、肤色，以及其他外表上的特质，常常会成为我们否定他人权利，并将他们排除在我们的情感及关怀之外的借口。就像19世纪的欧洲人，以“原始人”及“野蛮人”在智力及道德上较低等为由，将殖民主义合理化一样，我们现在正以同样的方式，在为我们对动物世界的剥削作辩护。我们借否定动物拥有道德观，来告诉自己人类是比较高等的生物，因此我们能开拓殖民地，并理所当然地奴役那些“较低等”的生物而免受惩罚。

然而，重点是达尔文本身并没有从他自己的理论中归纳出以上的结论。他一生反对奴役制度，在英国皇家海军战舰“贝格尔号”（HMS Beagle）漫长的冒险旅途中，也曾与船长罗伯·费兹赫（Robert Fitzhugh）在这个议题上有过激烈的争吵，并谴责任何虐待动物的残忍行为。根据达尔文之子的叙述，达尔文曾在巴西见过人类奴隶被虐待的情景，而这个记忆折磨了他许多年。另外还有一次，就在达尔文外出散步回来的途中，见到马匹被主人虐待的画面时他非常震惊，他的脸当场变得相当苍白，并且很气愤地向那匹马的主人提出严肃抗议。在抗议的过程中，他还一度激动得差点晕厥。由此可知，看见任何一种生物存活在痛苦之中，都会令人难以忍受。

在一封给雷·蓝克斯特（Ray Lankester）的信中，达尔文这位著名的生物学家坦承，拿活生生的生物来进行实验，令他感到“恶心、厌恶”。达尔文若有所思地说：“每个人都听说过，即将遭活体解剖的狗，会舔着手术医生的手。除非这个手术是为了丰富我们的知识而进行的，或者这个医生根本就是个铁石心肠的人，否则他一定会后悔一辈子。”虽然在某些情况下，动物实验不得不进行，但达尔文认为这些实验绝不能仅仅为了满足“该死且可恶的好奇心”。达尔文是一位伟大的科学家，同时也是一位伟大的人道主义者，因为他比大多数人更了解我们跟动物的密切关系。

虽然达尔文让我们知道人类拥有共同的祖先，但他仍不愿意承认动物和我们一样有类似的道德感。在传统意义上，良心被认为是灵魂的座椅，是对善与恶的认知，它有能力从中做出选择，这些被认为是人类最不可缺少的一部分。但是如果我们认为动物在道德及生物学上是我们的同类，一样拥有仁慈、勇气及其他“人类的”美德，那我们将要如何改变对待其他生物的态度呢？与达尔文同时期的生物行为学家乔治·罗曼斯（George Romanes）也许会有答案，他讲述了很多关于动物不可思议的英勇行为。

㊄ 人类道德进化的下一步

罗曼斯有一位博物学家朋友，正在收集鸟类的样本。有一次，他开枪射中了一只燕鸥，那只鸟受伤落入海中，而他的同伴们则在空中盘旋不走，“他们表现出明显的焦虑，这是燕鸥及海鸥遇到这种情况时常有的行为。”在同伴们的照顾下，那只受伤的燕鸥开始往海岸的方向漂移。同时，猎人也准备要前往领取他的战利品了，但令他感到惊讶和意外的是，他看见两只没受伤的燕鸥，“抓住他们那只无法行动的同伴，他们各抓住一边的翅膀，将他抬离海面并向海的方向离去。”此外，还有两只鸟跟随在后方。在那只受伤的鸟被带离4.5 ~ 6米后，又被轻柔地放了下来，“然后，另外两只一直跟随在后的鸟，就以同样的方法将他再度抬起。就这样，他们轮流运送那只受伤的鸟，直到将他带到距离很远的一块岩石，才将他安全地安置在上面。”

在恢复冷静后，猎人再度准备要去取回那只受伤的燕鸥，不过当其他的燕鸥注意到他后，便整群地飞了下来，好像要阻挡他的去路一样。在他要拿取他的战利品的同时，那只受伤的鸟又再度被其他鸟救走了：

> 当我接近那块岩石时，我再一次看见两只燕鸥像之前一样，又把受伤的伙伴带离，并将他带向远方的海洋，到我到达不了的地方。如果我执意要这么做的话，我还是能阻止他们的，然而在这种情况下，我的情感阻止我这么做，我很乐意让他们完成这项仁慈的举动。

善有善报！如果团队合作、自我牺牲及遭受攻击时的勇气……是精神上的美德，那么这些鸟都已表现出道德的特点。我们怎能射杀这些动物呢？拥有如此勇气与怜悯心的动物，不应该被用来当作射击练习靶。

达尔文说，在我们道德及精神进化的漫长历程中，需要逐渐地扩展我们对他人关心的范围。也许现在正是时候了！我们不该只是关怀其他国家、种族的人，应该也要将其他物种的生物，也纳入我们关怀的范畴之内。虽然达尔文认为："跨越人类界限的同情心，即是将人道主义扩展至低等动物身上，这似乎是道德上最新的收获。"但我们要知道，其他动物并不比我们低等，只是在某些方面不同罢了。

虽然他们的忠诚跟我们的不同，但动物也有忠诚心；虽然他们的同情心对我们而言很奇怪，但他们仍有同情心。当然，并非所有动物都是群居的，且也只有少数动物才有利他主义的行为。纵然不是所有动物（也并非所有人类）都有道德观或者都能辨别是非，但他们跟我们一样会受苦，受了伤也会流血，在不同的皮肤下，不管是光滑的、有毛皮的，还是有羽毛的，我们都是相互关联的。

我们和其他生物都是亲属，所以应该仁慈地对待他们，而克服物种歧视仅仅是人类优越感的一种幻觉，将会成为我们的道德及精神进化的下一步。

Chapter 7

一生的伴侣

爱，深植在每一个生命中，经由爱，我们与自己内心深处相联系。在生活最私密的部分里，我们发现了这个全世界最普遍的东西。

乔治·艾略特（George Eliot）曾问道：
对两个人的灵魂而言，
还有什么事会比遇到生命中的另一半更美好呢？

动物体验过爱吗？
他们知道奉献的意义及对伴侣的忠贞吗？
爱是人类最高贵的表现，
同时也是我们与其他生物之间的联系方式之一；
爱是一种共生的形式，
可以使独立的个体结合成为整体的生命。
人类或其他众生能活在爱之中，
即是活在上帝心中，
而上帝亦活在他们心中。

两个人互换戒指的仪式，不论是在自家客厅里举行，还是在有伴娘、伴郎以及新娘穿着白色婚纱的隆重场合举办，都是一个非常重要的典礼。结婚是我们一生所做的最重要的决定之一，因为这是要持续一辈子的关系的承诺。我每次主持婚礼，都能意识到这个承诺的庄严性，并且总是忍不住想试着找出适当的字眼，来表现它的重要性。我经常阅读保罗写给哥林多城信徒的第一封信，信中赞颂了人类伟大的爱，我发现这段文字特别适合婚礼：

> 爱是恒久忍耐，又有恩慈；爱是不嫉妒；爱是不自夸，不张狂；不做害羞的事，不求自己的益处；不轻易发怒，不计算人的恶；不喜欢不义，只喜欢真理；凡事包容，凡事相信，凡事盼望，凡事忍耐，爱是永不止息。

虽然生理上的吸引会使两个人走到一起，但是双方的关系若要长久，更需要其他的特质，例如忠贞、耐心、灵活以及坚持。许多婚姻都能持续多年，然而，爱情的光彩会随着时间而逐渐暗淡，温暖及体贴的感觉或许敌不过冷淡，浪漫的魅力也会日渐屈服于乏味的日常琐事。社会上急遽高升的离婚率，显示出只有少数几对完美的夫妻，能够真正遵守爱的誓言：“不论好或坏、贫或富、生病或健康，都将相伴一生”。

● 深情始终如一

然而，寒鸦就不会有爱情冷却甚至消逝的情况发生。就像野鹅一样，寒鸦是一生都不会换伴侣的鸟类之一。康拉德·罗伦兹在他的《所罗门王的指环》一书中，将他们的情感生活与人类做了直接的比较。

寒鸦跟其亲属鸦类在外表上很像，是很长寿的生物，而他们的婚姻关系也比许多人类的婚姻都来得长久。罗伦兹说："即使过了许多年，公鸟依然会热心地喂食母鸟，会对她轻声发出充满爱意的细语，并因内心的情感而震颤，就像他初遇生命之春并互订终生时一样的浓情蜜意。"

如同人类一般，寒鸦也会无法自拔地坠入爱河，在某种无法言喻的情感中，恋曲就这样绽放了。"在这段关系中，许多高等鸟类与哺乳类的行为就像人类一样。"罗伦兹说："即使是寒鸦，真爱也常常在突然间降临，只要短短两天，就可能发生典型的一见钟情。"

虽然寒鸦会因"一见钟情"而神魂颠倒，但他们却相当保守，并不会急着行房，而是像许多其他鸟类一样，有一段相当长的订婚期，以及长达一年的求爱期，当双方的关系确定且感情成形后，“婚礼”才会开始。罗伦兹说：“订过婚的双方，会形成一个忠心的共同防卫联盟，配偶会忠实地支持对方。”

这种热烈的爱看起来相当迷人，他们持续地处于极端表现自我的态度，且极少离开对方超过 0.9 米，这对夫妻成功地度过了一生，他们似乎以对方为荣，总是肩并肩笨重地一起漫步……看着这两只野生动物如此深情地在一起，实在令人感动！雄鸟找到的每份佳肴都会交给雌鸟，而雌鸟会以一种哀求的姿势和声调来接受，仿佛是鸟宝宝急着乞食一般。事实上，这对夫妻恩爱的呢喃中，大多是如幼鸟般的稚嫩啼声，那是成年寒鸦为了未来宝宝所做的准备，这一点也和人类非常相似。

有些人也许认为，将这些微妙的感觉说成是一对筑巢鸟儿的爱，未免太过感情用事。但罗伦兹抗议说，“爱”在动物王国里是普遍存在的，事实上，这是一种由来已久的冲动，因为爱与内心的关联，比与理智的关联还要紧密得多。大脑新皮层的研究虽然最近才发展出来，但对边缘组织（脑干四周的灰色物质，负责控制情绪）的研究在很久之前便已开始，而鸟类脑中的这些区域都发展得很成熟。虽然人类与寒鸦之间的智能差距颇大，但情感上的差距却相当微小。

鸟类似乎具备了一切条件，可以体验热恋、妒忌以及失恋的苦痛。罗伦兹研究的鸟中，有一只伴侣被狐狸吃掉了，生还的他从此有了许多哀伤的表现：无精打采、没有食欲、垂头丧气和目光下垂。罗伦兹说："就感情方面而言，动物比我们所想象的还要像我们。"因此将寒鸦的交配行为称为"爱"，并不是将人类的特性投射到他们身上，而是从动物身上辨识出人类也拥有的特性。

事实上，除了寒鸦外，鹅对于伴侣的忠贞也是众所皆知的。害羞的雌鹅一旦被雄鹅浪漫的英姿所感动，并与雄鹅一起进行"胜利的呼唤"时，他们便会结为一世夫妻。

二 直到死亡将我们分开

在多年前的一个早上，一位住在布宜诺斯艾利斯附近的农夫，目睹了一件令人心疼的、对爱坚持的事情。当时他骑着马，看见前方的平原上一只白色雄鹅跟一只棕色雌鹅正一起向远处走着，走近之后，农夫察觉到雌鹅正缓慢地朝南方蹒跚而行，雄鹅则激动地走在她前方 30 ~ 40 米的地方，偶尔会带着凄凉的哭喊飞向天空，但是他飞行一小段距离后，又会再度回到那正在疲惫行走的伴侣身旁，不断地重复着这个模式。原来，雌鸟因折断了翅膀而无法飞行，所以在秋天迁移到麦哲伦群岛的旅途中，她只能徒步行走。纵然雄鹅心中最深处的直觉驱使着他往南飞，但他仍不愿遗弃他的伴侣，在她最需要帮助的时刻，对她仍然忠贞不渝，哀伤地请求她展开双翅，一起飞回家乡。这对夫妻忠诚的实践了“直到死亡将我们分开”这句誓言。

当然，寒鸦与鹅是特殊例外的生物，只有少数鸟类会一生只忠实于一个配偶，如天鹅、寒鸦以及某些老鹰。大多数鸟类的爱情生活都跟我们一样杂乱无章，有些鸟类甚至连找寻同类伴侣都有困难。例如，麻雀都长得很像，不只鸟类观察家很难辨别，连其他麻雀自己也分不出来，因此以特殊的鸣声来找合适的伴侣，是很重要的方式。另外，当雄鸟与雌鸟的羽毛都一样时，鸟类在分辨性别上就会有困难，而且雌鸟经常会骑在雄鸟身上。原来，其他生物在交配竞争上的复杂程度，也和我们一样。

㊂ 爱深植在每一个生命中

鸟类的亲热行为，并非总是甜美温柔。几年前，当我在一家野生动物诊所做义工时，曾经帮忙照顾过一只被一群公鸭强暴的母鸭。如果有些鸟类能作为忠诚的婚姻模范，那么也有些鸟类的婚姻关系很随便。但我们不需要将动物理想化之后，再来说，两个生物是因为自然力量的吸引而走到一起。这个“吸引力”中一定有什么美妙的东西。当然，也有许多问题及危险包含其中。

每当我主持一场婚礼，隆重地庆祝双方灵魂形成了爱的联系时，我都觉得像出席了一场古老的圣礼。当一对情侣来到圣坛前，即将成为夫妻时，他们正在进行一场自开天辟地以来一直在重复的典礼。《公祷书》对婚姻的定义是：“一种由上帝创造的地位，并由各个年龄层的善男信女，忠实地遵守使之光荣。”但它在人类出现的几百万年前，就已经存在了。爱是如此深植在每一种生命里。

经由爱，我们能够与自己内心深处相联系，在我们生活最私密的部分里，我们发现了这个全世界最普遍的东西。神学家保罗·泰利奇（Paul Tillich）说："爱，其实就是生命的全部。"我们在婚姻中见证并庆祝这个生命，并借由许多不可思议的事物——如性、爱以及生育——相互交织，让自己不朽而升华。地球因此保存了活力，世界也因此不断更新。

爱，是一种期待能与另一个更广大而且持久的生命结合的希望，存在于每一颗跳动的心灵之中。那么，爱真的只是人类的特性吗？还是全体动物所共有的？有人说爱是属于神性的，因此在信心、希望与爱这三样不朽的特质中，爱最伟大。

Chapter 8

天生爱玩耍

当冬天过去，总有些事物令我们欢喜雀跃，其他生物也一样。我们生活在一个充满惊奇的世界，所有创造活动的背后都有一种心灵力量在嬉戏。

任何曾经用袜子戏弄过小狗，
或用纱线球逗弄过小猫的人都知道，
动物很喜欢玩耍。

小马会奔腾、羔羊会跳跃，
而水獭则是天生的喜剧演员，
但各种生物为何要玩耍呢？
玩耍的目的究竟是什么？
要找出他们玩耍的原因，
可能会像找出生命的目的一样困难。

对人类及动物而言，
玩耍，纯粹是为了生存的活力。

所有的生物到了春天都会活跃起来，万物开始翩翩起舞，动物当然也不例外。2000 多年前，哲学家柏拉图就已经注意到，动物很喜欢跳跃：海豚及虎鲸会冲出海面，袋鼠会在月光下高跃，河马偶尔也会往后翻个筋斗。古希腊人推测，灵魂自然的移动方向是向上的，或许，这就是为什么有这么多的生物，喜欢驱使自身跳离地面吧。

其实，不只是动物，人们在天气温暖时，心情也会变得愉快一些。在我服务的第一个教堂中，每年到了五朔节，人们都会跳舞庆祝大自然的再生。

在舞蹈里，小孩子会将彩带缠绕在柱子上，这是近些年的庆祝方式，但是五朔节本身其实是一个有着悠久历史的节日。在古代，德鲁伊教徒相信，树木的灵魂会在世界萌芽花开的季节里，带来新的生命，所以到了 5 月，树木便会被砍倒，带到村落的中央，村民便在那儿游行庆祝。

后来莫里斯人在节庆中，又加入了鲜亮的缎带及响铃。铃声是为了让大地苏醒，而舞者会尽力高跃，希望接下来的几个月里，谷物能越长越高。当然，这些莫里斯舞者也很可能只是单纯地享受着卖弄自己非凡本领的乐趣。

无论如何，当冬天过去，总有些事物会令我们欢喜雀跃，而其他生物似乎也因为相同的原因而和人类一样高兴。

一 春天的舞者

美洲鹤是春天里最活跃的舞者之一，一对美洲鹤在开始舞蹈后，会半开着翅膀，踩着快速强烈的步伐绕着对方旋转，然后深深地向伴侣曲身鞠躬。其中一只鹤会突然向空中跃起，大约离地面 6 米，另一只鹤会马上跟着做，两只鹤就这样持续开心地舞着。他们还会用喙将少量的枝条及稻草抛向空中，落下时再将其接住，这一切似乎都是不太可能发生的景象，而且也没有任何特殊目的。我们都认为大自然有条有理且庄严肃穆，没想到她竟也会有恶作剧的一面。

我本身从未看过这种舞蹈，这并不奇怪，因为现在世界上存活的美洲鹤数量极少，20 世纪初，全世界只剩下 15 只美洲鹤。1937 年，人类首次展开对美洲鹤的保育行动，德州湾岸的美洲鹤过冬区则被列为官方保育区。很明显，如果要让美洲鹤存活下去，这类保育行动十分有必要。

动物园也加入了拯救这濒临绝种鸟类的行动，但是美洲鹤却非常难以培育。圣安东尼奥动物园发现，幼鸟在他亲生父母的养育下存活的几率极低，因此当幼鸟泰克斯在春天以人工方式孵化后，动物园的经理便决定以人工的方式来养育她。然而这种不寻常的“母女关系”却出现了意外的副作用：泰克斯只喜欢照料她的人类，对其他美洲鹤反而没有好感。

后来，这种混淆状况导致了一支史上最奇怪的舞蹈的诞生。泰克斯成年之后，被送到位于威斯康星州的巴拉伯国际野鹤基金会，并配给她一只名叫“汤尼”的雄鹤。汤尼是由新奥尔良的奥都邦动物园所捐赠，不过他的爱却得不到泰克斯的任何响应。汤尼的热情并没有什么问题，问题出在泰克斯身上：雄鹤的每次求爱都被她拒绝。由于雌鹤要在伴侣适当的求爱仪式后才会排卵，因此人工受精的方式并不可行，而且美洲鹤和人类一样，最具影响力的性器官其实是大脑，而这只爱挑剔的鹤，显然是认知上有问题。她迷恋人类，认为人类才是她的同类，所以在能受精之前，要先引导她堕入爱河。

㈡ 享受生活之乐

因为事情非常棘手，野鹤中心的主任乔治·阿奇贝德（George Archibald）决定亲自来处理这个问题。他在绝望中得到了一个灵感：如果泰克斯对其他美洲鹤一直缺乏兴趣，他准备自己来求爱。

1978 年春天，乔治真的与泰克斯住在一起了。乔治搬进了美洲鹤围栏里的一间小木屋，他报告说："她成年后从未与人相处过，直到我搬进去。这是她第一次有机会与她认为是同类的男性交朋友，我跟她讲了许多话，后来她也开始响应我：我所有的空闲时间都和她在一起，感情就这样形成了。"

乔治向这只不情愿的鹤求爱了两季，之后也得到一些成果。在汤尼与他的兄弟安格斯所捐赠的精子的帮助之下，泰克斯曾两度成功地怀孕，然而第一颗蛋因营养不良而失败，来年另一颗蛋里的幼鸟还未破壳，便已死亡。

于是，乔治决定再试最后一次。1982 年，他与这只鹤一起在外野营，相处了长达 6 个星期，并且扮演着一个诚心的求婚者：帮助泰克斯收集筑窝用的草，陪着她一起安静休息。

最重要的是，乔治对着她跳舞，他又跑又跳，如跳芭蕾一样用脚尖旋转，并且展开双手像翅膀一样挥舞。令他高兴的是，泰克斯也开始跟着舞蹈。最后，她生下一颗大家期盼已久的蛋，一个月后，一只新的美洲鹤诞生了。

没有人确知为何美洲鹤要跳舞，但也许原因跟我们在五朔节的舞蹈一样，只是自然界高等生物表达心情的一种方式。看过的人都说，这种舞蹈令人毕生难忘。美洲鹤是一种体型巨大的鸟类，一只发育完全的雄鹤，体重约有 11 千克，站立起来高度超过 1.2 米，双翼展开的长度也有 2.3 米。能够见到这种长满羽毛的巨鸟，像五朔节的人们一样，跟他的伴侣舞蹈，等于是目睹了大自然最奢侈的仪式啊！只不过这个仪式跟那些在春天进行的求爱行为结合在一起，而在其他的季节中也会有这样的舞蹈，在日本的民间传说里，野鹤即以享受生活之乐而闻名。

㊂ 何处不嬉戏

在这里，游戏不能够简单地解释为单纯的自然行为，就如乔安·赫伊真加（Johon Huizinga）在他的著作《游戏的人类：文化中游戏元素的研究》中所言，游戏具有性灵上的本质。美洲鹤的舞蹈有着狂欢且无拘无束的特质，而这来自他们最基本的天性。但动物学家总是喜欢以生存的重要性来解释玩乐，他们说游戏是一种探勘行为，能让生物取得它们周围环境的信息，而这些信息也许在以后会有用，例如在狩猎及打斗游戏中，幼小的动物能练习并精通这些技巧，日后可能会用得到。

赫伊真加说，也许有一部分解释游戏功用的理论是正确的，但还不够完整，“通常这些理论还是没探讨到游戏最原始的性质，以上所提到的每一个解释，本身都很容易被推翻：虽然有道理，但游戏的乐趣到底在哪里呢？”

我们很容易想象，动物是为了生存而做些机械式且乏味的训练，完全没有任何消遣娱乐可言。虽然游戏能让我们做好准备去处理更严肃的事务，但游戏本身却一点也不严肃。

它是无忧无虑且戏谑的，而这个“娱乐要素”便是游戏的特性，它无法归到任何一个类别。

这表示游戏具有心灵层面的意义，赫伊真加说：“承认游戏就等于承认了心灵，不管什么游戏都一样，那并不是重点。在动物的世界中，它甚至突破了生理上的界限。”动物玩耍并不是因为他们必须这么做，而是他们想要这么做。由此可见，动物和我们一样是复杂的生物，也会感到无聊或愉快。

此外，会游戏的生物，本质上也是无法预测的，他们会耍各种诡计和花招，让人充满惊奇。赫伊真加说：“动物会游戏，因此，他们绝不只是生化机器。我们会游戏，也知道我们在游戏，但人类并不只是理性的生物，因为游戏本身就是非理性的。”

我们生活在一个充满惊奇的世界里，所有创造活动的背后都有一个心灵力量的嬉戏过程。赫伊真加说：“游戏无法被否定，你可以否定任何的抽象概念：正义、美丽、真理、仁慈、心灵及上帝。你可以否定严肃，但却无法否定游戏。”**嬉戏无所不在，快乐及无责任感，混淆着我们对秩序及理性的渴望。**

如果你不相信，看看飞行中的美洲鹤就知道了！1983年，一位观察员向《森林小溪杂志》报告说，在晴朗无风的日子里，美洲鹤“喜爱以大动作的波浪形螺旋方式上升，大约600米时才开始平稳地飞行，同时还会对邻近的同伴鸣叫。

在到达满意的高度后，他才开始下降。有时他会以螺旋方式上升，然后以几近疯狂的速度向下俯冲，在离地约 4 米时，猛然地将自己停在空中，伸出他那修长纤细的双脚，缓慢地降落着地。”根据这段描述，很难讲哪一方玩得较开心：是享受飞翔的鸟儿，还是观察他的人。

㊃ 动物和人类源自同一棵生命之树

美洲鹤的数量目前正缓慢地恢复中，约有 250 只在野外生活，其中包含 1993 年引进佛罗里达的那群新的、不会迁移的美洲鹤，另外还有 125 只在笼里养着。泰克斯已不在人世，但她那只名叫“吉怀兹”的幼鸟，现在正健康地活着。吉怀兹生性骄傲且好斗，在与一只名叫费斯的鹤发生过不幸的事件后，巴拉伯基金会负责配偶的人员，将吉怀兹与另一只年轻娴静的美洲鹤欧布雷克配在一起。这对快乐的夫妻，过去两季中都产下过蛋，他们一直就这样继续着他们的双人舞。

我们每个人都会参与到这种生命之舞中。有一种伟大愉悦的精神驱使着我们，每到春天，我们就会快乐地雀跃。美洲鹤跳舞的原因，大概和人类散步相同，我们一起在地球的节奏中狂欢，因为生命终究是一场游戏。所有的生物都共享着自信的高跃、喜悦的奔腾和愉快的心情。

我们是不是该向动物同伴们屈身鞠躬，邀请他们当我们的玩伴呢？五朔节已经给了人类欢乐的提示：动物和我们都源自于同一棵生命之树啊！

Chapter 9

双眼就是灵魂之窗

眼神的交流有着巨大的交互作用，能传达一种真正的伙伴之情。就算双眼无法显露一切，却也无法完全掩藏另一个有意识个体的存在。

想要探测其他生物的内在意识很困难，
因为这个被称为“内心堡垒”的神秘领域，
非常私人，
且藏匿于隐密之中。

但是，
每当我们看着对方的双眼时，
——即使是动物的双眼，
也可以找到一扇通往内心密室的窗口，
一扇灵魂与灵魂招呼问候的窗扉。

我认识一位很有天赋且非常敏锐的神职人员，他能从一个人的眼神中读出许多事情，不久前，我又再度确认了这个事实。那时，我受邀参加一场“高中人文科学课程”的专题讨论会，一开始是由天主教修女、犹太教祭司和我三人，针对“在今日的世界中我们如何找到希望”这个主题，发表了一些简短的言论，20 分钟后，我们邀请班上的学生提出问题或是发表自己的意见。

然而，青少年听众们却丝毫没有反应，整个会场沉浸在一片寂静之中，看来这是一群典型的“沉闷的青少年”。随着时间的流逝，我们之间的鸿沟也越来越大，最后，犹太祭司看着一位坐在第三排的男孩，直接对他说：“我看得出你的眼神中有疑问。”这个男孩有点脸红，回答说：“是的，我的确有问题。”接着，他便问犹太祭司，在两次世界大战期间担任军队教士的经历。从这一刻起，整个讨论会就进行得较为顺利了。我十分讶异祭司的洞察力，他竟通过直觉获知那位男孩的想法——双眼的确是灵魂之窗！

一 眼神有时比言语更诚实

有些人确实会比其他人更为敏锐，虽然我并不擅长从别人的双眼中读取心事，但其他人似乎很轻易地就能知道我的想法，因此，我是个差劲的说谎者。当我感到无聊或分心时，很难假装出感兴趣的样子，其他人只要看我一眼，就知道我的心神仍在这里，还是早已云游四海去了。由此可见，眼神有时比言语更能清楚地表达心意，而且更诚实。

然而，使用眼神来沟通的前提必须是：在双眼背后一定要有自我意识的存在。当我们与对方眼神相接时，就会知道对方正在看着自己，也知道对方了解我们正看着彼此。哲学家总爱辩论灵魂存在与否的问题，并质问人们，如何知道灵魂的存在。但我鄙视这些哲学家直视我的双眼后告诉我：我只是他自身所幻想捏造出来的事物。我们会看着政治家及商人的双眼，以判断他们诚实还是说谎；也会凝视情人的眼睛，判断他们是否真心。因为，眼神能显示出一个人的性格及内心状态。

要想进入其他生物的意识，最快的方法就是来个“心灵的凝视”。虽然有许多理由让我们相信，动物跟人类一样也有自我意识，比如说，他们不仅对世界有所体验，也会思考这些体验而产生一些见解和忧虑。但是，大多数却都是间接的证据。事实上，最容易接触动物内心的方法，便是透过双眼。

我从未直接凝视过鱼类或蛇类的眼睛，但这并不表示这些较单纯的动物就缺乏自我意识。不过，我曾与狗、黑猩猩及其他的哺乳类动物有过眼神上的接触，并且得到了极有力的证据（虽然在这个领域中，没有任何证据具备绝对的说服力），可以证实动物跟人类一样，有某种程度的自我意识。

二 四目相交时才是真正的沟通

许多人都有与动物眼神交流的经验，在《森林王子》（*The Jungle Book*）一书中，罗德亚·吉卜林（Rudyard Kipling）仔细描述了眼神的奥秘。书中的人类小孩毛克利，以他尖锐的眼神，驾驭了森林中所有的动物。吉卜林说："如果他狠狠地瞪着某一匹狼，那匹狼便不得不把视线移开。"虽然这是虚构的小说，然而一本由罗伦斯（R. D. Lawrence）所写的书中，提到了一次与一匹野狼目光交接的真实经验，这让吉卜林大感得意：

> 我们互相观察对方，我开始了解虽然他想友善一些，但他仍然非常小心地打量着我。……运用催眠的力量，夏瓦诺明亮的双眼刺探着我的内心，读取我的心思，企图找寻我的弱点、恐惧、侵略性……最重要的是，我的真诚没能瞒骗过狼的双眼。

虽然一句话也没说，但当我们与其他动物四目相交时，的确是进行了一场真正的沟通。就如人类一样，动物们的眼神可以传达许多情感：责备、悔恨、反抗和不屑。常跟动物一起工作的人，都把这点视为理所当然的事。野生动物研究员珍·古德说：

> 有很长一段时间，我不敢直视黑猩猩的双眼，我以为这样的举动会被认为是种威胁，或是不礼貌的行为：大部分灵长类动物都会这样想。但事实并非如此，只要温和不傲慢地看着对方，黑猩猩便能够了解，也许还会回看一眼。

我常常凝望着黑猩猩的双眼，纳闷他们到底在想些什么。我曾经看着弗罗——一只很老且很有智慧的黑猩猩，想着她对自己年轻时的岁月还记得多少？而另一只猩猩戴维·盖瑞彼德，有一双最漂亮的眼睛，又大又明亮，盘踞在一张宽阔的脸上。那双眼睛不知怎地，总会显现出他的性格：他的自信、他与生俱来的尊严，有时候甚至会显示出他那非常坚毅的决心。

眼神的交流有着巨大的交互作用，能传达一种真正的伙伴之情。**就算双眼无法显露一切，却也无法完全掩藏另一个有意识个体的存在。**

㊂ 双眼背后的才能与力量

凝视他人的双眼，能让我们以一种较柔和、热情的观点来看一个人。乔安娜·罗杰·麦西（Joanna Rogers Macy）在《原子时代的绝望及个人力量》（*Despair and Personal Power in the Nuclear Age*）一书中，提供了一种冥想法，这种冥想源自于一种被称为“梵住（Brahmavi-haras）”的佛教修行法，参与者成对坐着，看着对方的双眼。当我们参与这种修炼时，会思量那隐藏在双眼背后的才能和力量，还有无尽的创造力、耐力、悲痛和沮丧。

我发现这个活动在研讨会和做礼拜时非常好用。一开始它会令人们紧张，因为当我们四目交接时，就等于陷入无处可躲的境地，这会让人感到没有安全感及隐私，仿佛我们最深处的灵魂赤裸裸地呈现在他人面前。不过，这样的眼神接触也提供了一个真正的沟通机会，让我们能最深切、最直接地建立起生命中最核心的牵系。

麦西第一次举办这个活动，是在荷兰的世界展望会上，当时的与会人士中有一位来自德国的教授，和一位曾在 20 世纪40年代对抗纳粹的荷兰农夫。会议开始时，这两个人在中国代表团所发表的报告上产生了很大分歧，双方闹得很不愉快，不过幸运的是，他们两人在麦西的冥想活动中被安排在一组。麦西说："隔天早上我走进会议场，发现他们俩坐在一起，勾肩搭背地看着今日的议程。"那位荷兰人告诉她，一开始他和那位德国人怒目直视着对方，就像小孩在比赛瞪眼睛一样，但当他们深入对方的眼神，凝视隐藏在双眼背后的那份孤寂和苦恼时，那面敌对之墙便坍塌了。愤怒、恐惧和怀疑，都消融在彼此共有的人性联系中。

四 透过双眼可以看到一个活生生的灵魂

在现今这个世界，我们要去哪里找寻希望呢？当一位年长的犹太祭司在一个年轻男孩的双眼中，抓住一丝好奇的光芒时，我在其中找到了希望。当我们能够真正地看见并意识到彼此的存在时，我也就看到了希望。当我们面对面、眼对眼的时候，我们会发现，年龄、背景，甚至是种族都已不再那么重要，真正重要的是灵魂，因为它把我们联系在一起。

想要找到内心的平和并落实到这世界上，也许我们可以从凝视他人的双眼开始，并学着在对方的眼神中找到相同的灵魂。无论这双眼属于德国人还是荷兰人，属于朋友还是陌生人，抑或属于黑猩猩、狼。

当我们看着其他生物的双眼时，我们会看到什么？一个较低等的生物？一个无关紧要的物体？也许我们可以试着再看得深入一点，看看我们能否触及动物的内心，且对他的喜悦及忧虑产生同感？我们能看见其他动物真正的模样吗？我们是否能认知到，虽然他们与我们不同，但也不是完全不像。这里有一套跨物种的冥想法，你可以试试：

看着某只动物的双眼——狗或猫都行，如果你喜欢的话，也可以挑选一张动物的照片。当你看着那双眼睛时，心里要想着，他是这个世界上绝无仅有的、独一无二的生命。

注意视察你所看到的一切：那双眼睛中呈现出多年的生活经验，他们充满光彩的澄澈眼神中闪耀着生命力。

凝视着他们的外形，仔细看那独特的角度与曲线。正是这些特征，让这张面孔成为一件由时光和欲望雕琢而成的、独一无二的艺术杰作。

当你注视着这双眼睛时，也要注意看你看不见的地方：内心、自我以及跟他的外在表现一样特别的“我”。

你看到的是一个活生生的灵魂，接受他并尊重他，学着欣赏他真正的本质。

问问自己：如果我是这个生物，我会有什么感觉？透过这双眼会看到怎样的世界？

在凝视中察觉那双眼中古老的珍贵遗物，就完成了超越数千年的伟大进化。细细感觉那块你永远无法完全进入或了解的隐秘区域。仔细思考他经历的苦难及伤害——那都是你无法想象的。当然，他也经历过你无法分享的狂野及纯真时刻。

他跟你一样，是活生生有欲望的生物，他走过和你走过的一样的土地，呼吸过和你呼吸过的一样的空气；他承受痛苦，也享受感官上的感受：灿烂温暖的阳光、凉爽的树荫、清澈的净水和那清凉的滋味。就像你一样，就这方面而言，我们是一家人。

在这样的亲属关系里，所有的生命都牵系其中。经由这样的亲属关系，我们终将找到自身的完整性，并从中获得智慧及理解力，来分享我们共同的家园——地球。

Chapter 10

自我的倒影

在生命的大家庭中，我们是最年幼的成员，是动物世界中永远的婴孩，因此，我们需要其他的生物来告诉我们：我们是谁。

西雅图酋长曾问道：
没有野兽的人类算什么？
如果所有的动物都消失了，
那么人类会因心灵上巨大的寂寞而死去。

如果动物从世界上消失了，
那么人类会受到什么影响呢？
失去了一同分享的兄弟姐妹，
没有了那些四脚的以及有翼的伙伴，
我们会失去灵魂吗？

西雅图酋长说：
发生在动物身上的事情，
很快就会发生在人类身上，
所有的事物皆相互联系在一起。

主持新生婴孩的受洗典礼，是我工作中最大的殊荣之一。小家伙有时会哭叫或扭动，有时甚至整个典礼过程都在睡觉，但这一点儿都不会减少这场典礼的非凡意义。我以这样的方式，迎接过数以百计的婴孩，其中也包括我自己的两个小孩。每一次，我都感觉自己仿佛是站在世俗与神迹的分界线上，参与了一场惊奇非凡的事件。

● 世界就像早晨的紫丁香

每天都有数百万的婴孩诞生，但每一个孩子都是完全独立的个体。这一个个空前绝后且独一无二的小生命，经由母亲的身体来到这光明的世界。但他从哪里来呢？又是如何形成的？何种力量的协助，才能创造出这种令人惊奇的事物？遗传学及生殖学的知识一点儿也不会削弱这项奇妙的神迹——一个全新的生命的出现，一个独一无二的灵魂在瞬间成为一个实在的人。

这怎么可能呢？有些宗教会倡导：在某个特定的时刻，小孩会被“注入灵魂”，婴孩收到这份重要的礼物时，他便不再只是生物学上的一个生命而已，这个礼物同时为他赋予了人性和只属于他自己的命运。同样地，宗教还教导人们：在进化过程中的某个特别的时间点，人类被“注入了灵魂”，然而就在这个特别的瞬间，人类的祖先开始从生命的大家庭中分支出来，成为有灵性的生物，并跟他们的近亲巨猿和其他较次等的生物有了区别。

但是实际上，灵魂并不是在一瞬间就出现了，也并非从天而降的。灵魂不是在某个神奇的一瞬间注入的，而是不断成长，拥有一段发展的历程：模糊地开始，慢慢地觉醒，就像地球慢慢地感觉到自身的存在一样。从没有明显特征的组织中，神经系统开始缓慢地发展，心智逐渐成形；不同于母体的希望及渴望，也开始在逐渐成长的婴孩心中聚集。整个过程从我们最早的记忆开始，便一直持续着从我们疲倦时父母亲拥抱我们的方式中、从我们与朋友及玩伴分享的游戏中、从逐渐明朗的自我及自由中，我们逐渐了解到自我，了解到周围的生命与内在的生命。因此，**灵魂是由平凡事物的经验累积而成，不是没理由地突然出现，有时候甚至必须痛苦地、长时间地累积经验才能获得。**

这种“注入灵魂”的方法是非常自然的，整个活生生的地球，激发了孩子们的想象力，成为年轻人内心世界的基础要素。“美国诗歌之父”沃尔特·惠特曼（Walt Whitman）写道：

> 每天都有小孩诞生，
> 而他第一眼见到的东西，将会成为——
> 早晨的紫丁香成为孩子的一部分；
> 青草及早晨红白色的光辉，红白色的苜蓿，
> 燕雀的啼声，
> 三个月大的小羊，母猪那窝淡粉色的小猪，

母马的幼马及母牛的小牛，
谷仓旁或池塘畔、泥沼边的一窝吵闹的小鸟，
漂游在水中的鱼儿，美丽的流水，
拥有典雅平坦屋顶的水力发电厂，……
这些全都变为孩子的一部分。

这样的小孩住在我们每个人的心中，吸收着大自然的甘露，并将之融合成为现在的自己。如果我们所谓的“灵魂”，是指我们自身的感官以及独特的个性身份，那么我们的灵魂，便与其他生物的灵魂交织在一起。

㊁ 每个人所谓的“自我”是如何形成的

有一天，我的孩子提醒了我：成为人类是一个不断发展的过程。那天晚上，我儿子在浴缸里玩着他的玩具，突然某件事引起了他的注意：水龙头周围的黄色固定装置，映照出他自己的影像。他看看我，又回头看看倒影，随着一抹认出自我的愉快微笑，他指着倒影，叫出自己的名字：诺亚。

我想，每对父母都知道，镜子对孩子而言，是个很好的玩具，婴儿很喜欢看着镜中那个平行世界。妻子与我常常将孩子抱到镜子前，尤其当他们穿着特别的服装时，然后问：“这位英俊的男孩是谁？”“这个漂亮的女孩是谁？”两岁半的诺亚能认得镜中的自己，他会伸手去摸镜中那顶戴在自己头上的红帽；而小一岁的荷莉，则是好奇地看着镜中那个金发小女孩，并且用手指着镜子说“宝宝”——她还认不出自己。

在成长的某个阶段，小孩们会得到自我意识，他们会知道自己拥有独特的身份，是特别的个体。最终他们会以口语的方式，说出“我”“我的”等字眼，来表达他们的自我认知。因此，当孩子太小还不会说话时，镜子是心理学家经常用来评估小孩自我意识发展的一个重要工具。

小孩们并非都能在同一年龄认出自己，每个心理学家的观察结果也都不一样。六个月大的小婴儿，可能会将他们镜中的影像当成玩伴，并伸手去触摸这个新朋友。而较年长的孩子则会想抓住镜中反射出来的物品。当有其他人出现在镜子中时，这孩子就会转头去看是谁进入房间，而不会再看镜子。到了大约两岁时，如果母亲偷偷在小孩的鼻尖上画一个红点，再将他抱到镜子前，这孩子将会伸手到自己的脸上（而不是镜中人的脸），去抚摸探究那个奇怪的红色印记。

我们可以借小孩自我意识的成长过程，来追溯生物进化的过程。鱼类、鸟类和许多哺乳类动物，都会将镜中自己的影像视为同族的成员，还会好奇地研究镜中的动物，有些鱼甚至会攻击自己反射的影像，例如，公鱼会认为镜中的影像是另一只来争夺地盘的公鱼。猴子们显然知道这个发亮的光滑表面会反射影像，还会用镜子间接地来看东西，但却认不出镜中的自己。除了人类之外，只有巨猿家族黑猩猩、红毛猩猩和大猩猩拥有自我辨识的能力。一只脸上被涂了红色颜料的黑猩猩，会像人类的小孩一样，将注意力和好奇心放在自己的脸上，而非镜子中的倒影。他们甚至会花好几个小时的时间，在镜子前刷牙或扮鬼脸，并且凝视自己的外貌。

当黑猩猩被异族抚育，比如：让一只黑猩猩生活在人类家庭中，并且被当成人类的儿子或女儿一样养育，那么，当他望着镜子的时候，会看到什么呢？答案毋庸置疑，他会看到一个和养父母长得非常相似的个体。如果要求黑猩猩将一叠照片分成两堆，一堆是动物，另一堆是人类，那么，在人类家庭长大的猩猩，一定会将自己的照片分到人类那一堆中。这是因为黑猩猩的自我概念是受外在环境影响而建立的。接受异族抚育的黑猩猩，并未在热带雨林或动物园中成长过，因此他们并不会把自己当成野生动物，而是一个碰巧喜欢吃香蕉的个体（喜欢香蕉大概是天生的爱好）。如果他们也喜欢喝牛奶和干杯，这明显是学来的嗜好。而灵魂，即每个人所谓的“我”，便在这些生物性及社会性的影响中逐渐形成了。

㊂ 人类是会“脸红”的天使吗？

我们会经由四周环境所反射出来的自我影像，来得到自我意识，然而世界上有许多不同种类的镜子，举例来说（这也许是过度简化的例子），一个男孩通过观察他的父亲学会所谓的男子气概，而女孩则从母亲身上学会所谓的女人味。我们经由其他的事物来定义“自我”，而镜子则反映了两者。因此，我们创造了家庭，而家庭也创造了我们；我们塑造了环境，环境也塑造了我们。社会的互动是一面镜子，文化是一面镜子，自然世界当然也是一面镜子。

因此，在某种程度上，我们是透过与非人类世界的关系，来确知自己是人类：从亚里士多德口中的“无羽毛的二足动物”，到英国动物学家德斯蒙·莫里斯（Desmond Morris）所谓的“裸猿”，动物一直是我们用来了解自身的镜子之一。

“什么是人类”这个问题，有时会被这样表达：“你时时刻刻所在意的人类，究竟是什么？”《圣经》所给的答案是：人类是依照“略低于天使”的形象塑造出来的。几个世纪以来，哲学家与科学家一直试着去定义那个赋予人类令人羡慕之地位的特殊属性。有人说人是政治、宗教的动物，或是唯一会使用工具的动物；也有人表示人类是唯一会思考、会使用语言文字、会感到羞耻的动物，“我们是唯一会脸红的物种，”马克·吐温俏皮地说，“或者说是必须要脸红”。

然而所有的这些特点，都不是人类独有的。我们现在知道动物也会思考、会制造工具，会用符号来沟通。每当我们宣称某些技能或天赋是人类所特有时，不久又会发现其他生物也有一样的能力。例如，当珍·古德发现黑猩猩在野外也会制造及使用工具时，她的顾问——人类学家刘易斯·利奇（Louis Leakey）说：“科学家必须要重新定义工具，或重新定义人类，或将黑猩猩归入人类种族的一员。”我们越来越了解到，动物能做到大部分我们做得到的事，而且，他们还能做到许多我们做不到的事。

人类不断拿自己与其他生物比较，就像一个人不断地照着镜子一般，我们似乎对自我的形象有着挑剔的不安全感。我们自吹自擂的优越感，并非为了显示出我们有十足的自信心，而是因为我们对自己有极度的不确定感。

人类最明显的特点，大概就是这种内在的焦虑感吧！其他动物天生就具有某种特别的天赋：敏锐的听力、锋利的视力、不可思议的速度……但是人类却没有什么特别的天赋。缺少特殊性使我们有高度的适应力，但这也表示我们没有固定的形体及确切的身份，没有任何天生的直觉来引导我们，因此需要依循一个典范来生活。我们必须探究自身的极限，不仅从人类社会中人为的规范及约束中寻找，也要从生物学及地球本身所提供的生存课程中，找到我们未来的可能性。在生命的大家庭中，我们是最年幼的成员，是动物世界中永远的婴孩，因此，我们需要其他的生物来告诉我们：我们是谁?

㊃ 如果赢得全世界却丢了灵魂……

对我们来说，动物有一种天生的魅力，这点从诺亚及荷莉这些小朋友们对其他生物所表现出的十足兴趣上，即可得到证明。在他们天真的智慧中，似乎能了解尺蠖是自然的奇观，一只花栗鼠漂亮的落地也令人惊奇。研究显示，如果让孩童自由选择图画书，大部分都会选择有其他生物图片的书。有一群教育学者，曾经请超过一万名的孩童选出他们最喜欢的读物，结果得票数最高的是《动物》(*Animals*)以及《此时此刻故事集》(*Here and Now*)，而故事集中最多人选的故事，是像卡罗·卡莉克(Carol Carrick)《意外事故与弃婴》(*The Accident and The Fouldling*)一样的故事。《意外事故与弃婴》讲述了一个真实的故事：一个年幼的男孩，因自己的狗发生车祸而悲伤不已，直到后来收养了新的小狗才渐渐摆脱伤心。孩童经由其他动物的生活——不论是真实或虚构——探索着身为人类的意义。

像诺亚与荷莉这样的小孩，如果成年后生活在一个没有其他生物的世界，这对人类代表什么意义呢？答案是：他们的成长岁月将会变得索然无味，他们与地球之间的联系将被切断，而部分天生的惊人潜力也无法发挥。因为，动物不仅让世界更为秀丽细致，他们的生命与我们的生命更是紧紧地交织在一起，比呼吸更贴近我们。当他们消失时，我们的灵魂将承受无边的痛苦。

随着社会的都市化，动物逐渐从我们的日常生活中消失。随着越来越多的物种落入绝种的长夜，我们的人类自觉也将逐渐减弱。人类会逐渐对自己是谁感到困惑，在失去了大自然中的定位点及参考对象后，人们的自我将逐渐变得过度自大，或者过度自卑。尽管物质生活很丰沛，但我们的内心却非常贫乏。

随着动物的逐渐消失，人类将成为在水泥丛林里长大的小孩，或是没有家人、只有自己关心自己的孤儿；我们所拥有的只剩下自己的奇异创作品、广告牌、报纸以及计算机画面。从这些物品中，我们只能看见自己的倒影。没有了动物，世界中那些灿烂、彼此反射的特质，将会变得无精打采且黯淡无光。

如果到了最后，我们赢得全世界却丢了灵魂，那么人类到底会得到什么？失去共同生活在这个星球上的黑猩猩、红毛猩猩及其他野生动物，人类或许还是能存活下去，但是，我们将会失去“成为灵性生物”所需的条件：**我们会将原本丰富的家族，变成一个贫乏的家庭，我们的心灵生态将不再生动丰富。**当我们看着镜子时，将会发现自己越来越冷酷可厌，直到连我们自己都无法再爱自己。

Chapter 11

看见万物之灵

在广阔无垠的时空里，生命虽然渺小而短暂，却并非毫无意义。因为我们富有感情并关心彼此，我们拥有相似的心灵，能看出其他生命内心的美。

“动物”（animal）一词的词根源自于拉丁文的“灵魂”（soul）。
对古代的思想家而言，
灵魂是一股神秘的力量，
祂赋予地球上无数的生物以生命及气息，
甚至为整个自然界注入生命力，
这就是“世界灵魂”的概念。
如今，神学家却认定只有人类才拥有灵魂，
然而，灵魂或心灵到底是什么呢？

或许，我们可以说，
心灵是一个频道，
经由它，我们才能了解其他生物的内在本质，
并看见他们最美的生命精华。

马丁·布贝尔（Martin Buber）在《丹尼尔》（*Daniel*）一书中，曾经提到中世纪神学家斯考特斯·艾利葛那（Scotus Erigena）的一句话："从一个奇妙且难以形容的方面来看，上帝是由祂创造的万物所创造出来的。"

动物对布贝尔这位犹太思想家而言是神圣的。他 11 岁时，在前往乡村庄园拜访祖父的路上，认识了一匹马，在这次互动过程中，他了解到"自己与另一种生物间的巨大差异"。

后来，这座充满其他动物亲密温情的谷仓，便成为这个年轻男孩的圣堂，在这里他有一种难以言喻的感觉。当他抚摸着马儿的鬃毛的时候，他可以透过手心感觉到，在薄薄的一层皮肤之下，有一股生命力正汩汩流动着，此时，他与这匹母马之间便有了一种相互了解的情感联系。他们不需要言语，就能知道对方看见了同样的神秘，也听见了生命的流动之声。马儿会非常温和地抬起他巨大的头，来迎接这位男孩，并轻轻拍打着耳朵，然后轻声地发出鼻息。"就好像是一个密谋者，做了一个只有他的同伙才能辨认的暗号，而我得到了他的认可。”

这样的经历其实并非特例，即便是今日，许多孩童都能透过动物而首次了解生与死的神圣性，进而思考生存的意义。布贝尔或许是很独特，因为他并未让自己对其他生物的洞察力，随岁月的消逝而模糊。对他而言，任何生物都是一个狂野且难以理解的小宇宙，即使只是一只平凡的家猫。

布贝尔证实：“动物的双眼具有优秀的语言能力。”猫的一瞥便能令他产生许多疑问：“你在叫我吗？你想说我不该只对你玩一些小把戏吗？我关心你吗？我会陪伴着你吗？”这种与生物一瞬间的沟通，虽然为时极短，却会留下极深刻的印象。这种与动物一对一的互动，对他而言是一种圣迹显灵，只不过显现的不是神，而是真实世界的本质。

这个充满活力的世界，对于感情会产生澎湃的响应，就像一条激荡丰沛的河流，流经所有富有感情的生命一样。其他生物也是非常复杂且不可思议的，他们的感情生活非常微妙，从悲痛哀伤到欢欣愉悦，各种心情都有。他们的家族结构错综复杂，且彼此间的联系也和人类一样，既强烈又温柔。

因此动物绝不是我们的财产或私人物品，而是我们的同侪及旅伴，他们各有所好，有恐惧也有迷恋的事物，也和我们一样拥有重要的计划与目标。动物不仅有自己的生活规律，还有自身的演化史。**我们能欣赏但不能够侵占动物的生活，因为他们也有自己的生活要过。**

● 当动物失去神圣性，人类也将失去人性

由于我们太习惯把动物当成东西看待：如一件物品、一个工具、一件商品或是一种资源，因此我们会宰杀他们以作为食物，会用他们的毛皮当做衣物及饰品，甚至毫无感情地肢解他们的躯体、研究他们的身体结构。人类将他们当作达成目的的工具，全然不在意他们生命的终结。有人说我们让动物“失去人性”，这是错误的，因为动物并不是人类，正确的说法应该是：我们让动物“失去神圣性”，我们剥夺了他们神圣的特质，同时，也让自己失去了人性。动物不能被贬低为一件物品，当我们把他们当成是生化机器时，便是伤害了他们及自身的本质。

动物是我们心灵的搭档及感情的伴侣，我们是经由直接体验而非言语辩证来得知这个事实的。无论如何，人类与动物有着密切的互动关系，并能从动物身上看见到神圣性。正如上文所述布贝尔与他的马朋友，彼此之间有种密切的联系，直到有一天，他抚摸着马的侧身时，开始想着自己从中得到的乐趣，并开始享受手的触感。然而，就在一瞬间，他忽然

发现他们之间的友爱魔法被破解了！因为他的注意力已经从马身上，转移到他对马的想法。在那一刹那，他不再把母马当成朋友，而是把他当成一个东西：一件令人满意的物品，而非令人愉悦的同伴。而这匹马也感受到了这种改变，所以，隔天布贝尔回到马厩喂饲料时，母马便不再抬起头来迎接他了。虽然布贝尔仍一如既往地抚摸着母马，但他们之间的关系已经变了质。

把其他的生物视为物品，代表着我们的认知浅薄而无深度，我们并没有真正去分享自我，只是触及了表面而已。当我们将其他动物视为具有灵魂的生物时，我们的经验便能拓展到“更深的范围”，并且无限延伸，世界也会因此变得更柔和、更亲密。我们会成为知己，成为信念相同而聚集在一起的伙伴，而这个信念并非教条或义理，而是流动在所有生物之间、充斥于土地和阳光等大自然之中的，彼此心领神会的单纯的“动物信念”。透过这个信念，我们才能触及“神性”。

㈡ 唤醒内心深处的灵性

其他生物具有的某种特性，能唤醒我们内心最深处的灵性。岸边的一群鸟儿，时常让我感到讶异：随着一个无形的暗示，他们会同时由岸边飞起，组成一个紧凑的队伍飞向大海。他们的飞行协调得完美和谐，仿佛有某种共同的思想或团体精神在引导着他们。在这一刻，我感觉到大自然有种深不可测的内在空间，而且内心深处也对这些鸟儿感到无比的敬畏。

达到这样的深度，等于进入了灵魂的领域。以上帝形象创造出来的是“一个人”而非物品，物品仅是许多细小部分凑在一起罢了，砖块与建筑物便是很好的例子，它们在被分解成分子及原子后并不会有太多改变。然而“一个人”要比他身体各个部位的总和要多得多，人类、鹿、熊和马都是如此。当我们想把动物分解成基本的成分时，我们便遗漏了他们最重要的本质，如交响乐并不仅仅是由音符所组成，“一个人”也并非仅仅是一套行为举止或者生化反应而已。

我们无法准确地说明乐曲美妙动听的原因，因为当我们试着去说明的时候，那个吸引人的魔力便消失了。所以，我们也没办法去定义什么是灵魂。但如果我们能敞开心扉，便可以响应祂的魅力，因为**灵魂是生命的魔力，祂赋予生命庄严与宏伟。**

㈢ 万兽皆宇宙

我们生命的周围有一道永恒的微光，虽然在广阔无垠的时空里，生命的确是非常渺小而短暂的，但却并非没有意义。我们的生命是重要的，因为我们富有感情并关心彼此，因为我们有梦想、能想象，因为我们能够创作音乐及艺术。我们也不是宇宙中支离的碎片，我们能反映出宇宙整体的优美及壮丽，同时，也因为所有生物都拥有相似的心灵，所以我们能看出其他生物内心的美。他们与我们一样，都是一个个小宇宙；他们会在意、有感情；他们有梦想、能创作；他们也一样爱冒险、对自己的世界充满好奇；同样地，他们的身上也可以反映出宇宙整体的壮丽。

那么，我们能对他们敞开心扉吗？我们能把他们当成心灵的伴侣、当成拥有尊严及深度的生物吗？要达到这种境界，我们必须先学会尊敬这些生物，因为他们和我们一样，是上帝心爱而自豪的创造品。此外，我们还得学着珍惜脚下这颗供养我们生命的行星，因为这是我们共同的家园。**只要能融入生命的灵性，便能感谢及庆祝所有生命的神圣性。**

我们再也不能因为动物不是人类，就漠视他们敏锐而智慧的生命。因为那些让生命显得可贵及神圣的要素：如勇气与胆量、良心与怜悯、想象力与创造力、梦想与游戏等，并非人类独有。

动物，与我们一样，拥有活生生的灵魂。他们不是东西或物品，当然，他们也不是人类。但他们会哀悼、会爱、会舞蹈、知道痛苦，也知道并经历生命的高峰及低潮。

动物代表了开阔的心灵，他们遍布在世界每个角落里，与我们共享着天赋的精神与生命。看到了吗？“上帝”正以一种奇妙且无法言喻的方式，隐藏于所有生物之中。

Chapter 12

所有生命皆神圣

他们全都受到大地、天空以及海洋之美的鼓舞，借着走入非人类的世界，他们得以洗净心灵的尘埃，并重新找回自己身为人类的自觉。

对于大自然的崇拜，
也许是人类宗教最古老的表现形式；
对其他生物的敬畏，
深植于我们的心中。
然而，今日却有越来越多的物种正遭逢绝种的危险，
也许动物能提供我们解救现今生态危机所需的知识。

如果我们能够重新体认“所有生命皆神圣”的道理，
我们，与所有的生命，
就能够有一个可以期待的未来。

我的会众都是在星期天的早晨做礼拜的，不过其他人的安息日也许是别的日子，有些人甚至完全不参加任何正式的宗教仪式。然而，我认为不管人们了解与否，所有人都有心灵上的需求，纵然表现方式不同，但对于敬拜神的念头，到哪里都是一样的！因为这能让我们认识到自己与某种更广大力量间的联系，那是一股维系生命、永垂不朽的力量。不论是突然了解到还是经由沉静的冥思而获知，那是一种灵性体验的高峰时刻，也是我们最接近平常难以理解之事的时刻。

一 与万物之灵交流

我们是唯一会敬拜神灵的生物吗？只有人类会振奋、会心醉而欢欣鼓舞吗？1963年12月，动物学家亚瑞安·卡特兰（Adriaan Kortland）目睹了以下的动人画面：

> 那是非洲雨林的日落时分，那里的落日景象非常壮丽。有一只黑猩猩单手抱着他的点心——一个木瓜，边走边看这幅景象。结果，黑猩猩放下了木瓜，整整15分钟内，他就好像被不断变换色彩的华丽晚霞施了魔咒一样，完全无法动弹。夕阳西下后，他默默地回到了灌木丛里，把木瓜遗忘在原地。

当这只黑猩猩在黄昏来临之前面对逐渐褪去的光线时，是深紫与火红的柔和色彩在混淆着他的想象力吗？是薄暮唤起了他对那些已逝的日子里与同伴相处的回忆，因而勾起傍晚时分漫长孤寂的愁绪吗？抑或只是处于一种恍惚的状态呢？还是正做着白日梦呢？没有人知道真正的答案。但是这位人类的远亲，的确是在超越了他对食物粮秣的需求之后，产生了一种心灵上的渴求。当我们出神地凝视日落时，当我们抬头惊奇地望着满天繁星时，当我们被怒吼奔腾的海浪冲走时，或者当我们站在比《圣经》年代更久远的红杉下沉思时，我们便加入了一个跟世上所有信仰一样真实、一样具有影响力的宗教。在这些时刻，我们所体验到的亲密感及敬畏感，就如同宇宙正沉思着自身深不可测的神秘一样。

我们都会被上帝所创造的宏伟宇宙所感动，这是一种超越宗教派别的体验。而我在不久前的一次集会中，又再度体认到这一点。那是一个专门的训练集会，参加者约有 20 人，都是在当地一间收容所中担任义工的男男女女。那天的主题是“灵性”，指导员用一个问题来当作开场白：“什么事物会令你的灵魂飞舞？”参加这场集会的有贵格教徒、天主教徒及犹太教徒，还有一些人没有特别的宗教信仰。尽管房间里有各种人，但他们都有一个相同的特点：每个人都在自然当中得到过治疗并且已康复。虽然有些人是在其他的事物上找到心灵的宁静，例如，在音乐里、经文中、宗教仪式里或寂静之中，但毫无例外的是，他们全都受到大地、天空以及海洋之美的鼓舞，借着走入非人类的世界，他们得以洗净心灵的尘埃，并重新找回自己身为人类的自觉。

敬拜大自然，就是与存在于鸟儿、野兽及森林中的圣灵沟通交流。这也许是人类信仰最原始、最基本的形式。在德国及瑞士的高山洞穴内，人们可以看到旧石器时代的工具与穴熊的头骨，它们似乎是被刻意排列成某种符号：多数学者都将其解释为一种对穴熊的敬拜，这些仪式存在于距今70,000年前居住于此地的尼安德塔尔人之中。50,000年过后，居住在现今法国拉斯科（Lascaux）的人类，创造了世界上首次见到的宗教艺术形式——他们在洞穴内的天花板上，画出宏伟壮观的野牛、黑鹿、高地山羊以及北极小马的图样。

当加拿大政府派遣一支由爱斯基摩人组成的代表团，来参观这些欧洲的洞窟壁画时，这群爱斯基摩人一开始似乎看不出这些绘画的古老岁月，但他们却能深深体会到画作背后的亲密之情，并且礼貌地询问能否见见这些栩栩如生画作的创作者。所以，虽然重建祖先们的神圣宇宙是不可能的，但是人类在思想上的某些特质是永远不会变的，就像印第安人到现代还保留有狩猎与采集的生活方式一样。达科塔的奥希耶沙（Ohiyesa），曾在1911年写道："每日狩猎时，只要猎人们见到异常美丽或宏伟的景致，如山间一片雷雨云上方的鲜艳彩虹、绿色峡谷中心的白色瀑布，以及随着火红日落而震颤的广阔草原……无论何时何地，他们都会停下来膜拜。"对这些人而言，地球与其中的生物，都天生拥有一种神圣的重要性。

㊁ 雪雁南飞秋天里

对祖先的敬畏依稀存在于每个人的心中，它触动了我内在某个原始的部分。比如说，我曾经从位于佛蒙特州的家，开一个半小时的车前往“死亡溪”，去观赏雪雁从哈德森湾迁徙到切萨比克海湾过冬的壮景。那里有八九千只这种大型鸟类，在沼泽或玉米田间休息及觅食，其他的同伴则在天上兜着圈，其数量非常多，无论我用望远镜往哪个方向看，都能看见满天飞鸟。这么多鸟在空中自由自在且充满活力地盘旋着，这样的奇景激起我的喜悦，我只能惊奇地瞪大眼看着。两天后，我的一位朋友也来到同样的地点，却发现所有的雪雁都已经离开了。而我，是何其幸运，有机会目睹他们一年一度的旅行。

无论是上千只雪雁在秋天往南飞行时带来的狂喜兴奋，还是看着山雀来到厨房窗外的饲料盒进食的恬静乐趣，两者或许都是我们进化的遗迹。哈佛的生物学家威尔森（E. O. Wilson）认为，人类天生与其他生物间保持着某种密切的联系——我们的神经系统经过了数千年与野生环境的交互影响而进化，因此我们对属于同一家谱的动物们，会自然地有种迷恋的反应。他们唤醒我们自身起源的记忆，并且帮助我们了解自己在大自然中的根源。威尔森将这种欲望称为“亲生命性”，意指对生命的热爱。更广义地说，也就是我们容易被蝴蝶、蓝鲸以及其他生物所煽动的倾向。

“亲生命性”可以解释小孩为什么容易被动物所吸引，威尔森说：“从婴儿时期开始，我们便会快乐地注意到自己与其他的生物。我们学会分辨有生命及没有生命的物体，并会飞蛾扑火般地向有生命的物体靠过去。”小鹅就是以类似的方式认定并跟着他的母亲（或是任何第一眼看到的生物）；而小孩似乎天生就喜欢跟着会弯曲扭动的物体。因此，虐待动物绝对是一种明显的征兆，表明这个人年轻时情绪发展上有严重的问题。因此，与其他生物建立健全的关系，是小孩成长过程中一个相当必要的内心风景。

㊂ 正是时候学习尊重其他生命

在变得麻木不仁之前，年幼的人对于受苦的动物，都会有着深切的同情，有许多证据能够证实这一点。一名传记作家告诉我们，当亚伯拉罕·林肯（Abraham Lincoln）还是小孩子的时候，曾经用父亲的来复枪射杀了一只火鸡，这是埃布尔第一次、也是最后一次打猎，从此之后，他一次也不想再扣动扳机。美国红十字会的创办人克莱拉·巴顿（Clara Barton）谈到，她小时候目睹过一头母牛在农场上被宰杀的情景：就在农场工人将斧头砍进母牛的头骨时，克莱拉感到头部一阵冲击，之后便昏了过去，醒来后她就变成了素食主义者，再也不吃肉类食物。这些事情说明，怜悯是不需要学习的，残酷反而需要培养，而体贴之情也是逐渐变成冷酷无情的。

然而，随着时间的流逝，大部分人都会失去天生的怜悯心，因为从父母及长辈那里，或者从教堂及学校，我们都只被教导：地球上只有一种重要生物。关心动物的人们都被认为多愁善感、没有理性，抑或只是误传。大家都告诉自己，动物没有感情也没有灵魂，他们本身并不重要，活着只是为了服务及满足人类的欲望而已。渐渐地，我们便否定了自己小时候的内在智慧，压抑了我们敬畏的直觉及亲密关系。然而，就是这样的否定，让我们利用、剥削动物，将他们当成研究工具、商品或是资源。这就解释了，为何有如此多的人能把让无数生物受尽痛苦的“肉食文化”视为“正常”。

在地球正遭受危机的现在，学习尊重其他生物显得特别重要，因为我们与其他动物之间的关系，是我们对待自然世界的态度的指标，除非我们能对动物敞开心扉，否则如何能积极地解决破坏雨林或是臭氧耗尽的问题呢？物种灭绝的统计资料堆积如山，了解事态的人说，如果现今这种趋势依然没有改变，那么将有数百万个物种——大约是目前所有生物的四分之一——会在接下来的 30 年内灭绝。曾经有报纸报导过黑脉金斑蝶的状况：这些鲜艳的访客经常在夏天造访我们的花园，然而他们在南墨西哥过冬的森林却遭到破坏，他们即将面临绝种的危机，就像我在前些年秋天看到的雪雁。黑脉金斑蝶总是会来到这里，然后隔天就离开，但是这次他们将会完全消失，永远不再回来。

绝种，就像“永恒”或“永远”这样的概念，不是我们能够轻易理解的，它并不仅仅只是死亡的问题。大多数人都能够从个人的经验中了解什么是死亡，所以我们会为过世的宠物、朋友或家人哀悼。但是，人类并非是唯一会因所爱之人离开，而在内心里痛苦挣扎的动物：大象会埋葬逝去的同类；而美洲獾也会为死去的同伴举行某种仪式，他们不仅会先将已故同伴的尸体，埋葬在他们洞穴旁的地道内，之后还会在旷野上挖洞，再将干瘪后的尸体拖到洞里，最后再用土埋起来。哀痛是一种自然的反应，许多生物都一样，当海豹妈妈看见小海豹被猎人打死时，也会流下伤心的眼泪，这在生理上跟人类的眼泪没有区别。

我们的生物学知识会指导我们，在面对死亡时该如何感受和表达，但是一个种族的灭绝，却是完全不同的事，因为它不仅代表着该种族的所有生命均已死亡，也意味着未出生的世代同样一起消逝。**死亡是生命的一部分，也是出生后的必然结果，然而，绝种却是生命的毁灭和出生的终结**！试着想象一下，将我们所能理解的死亡悲伤乘上百万倍，那将是一个完全超乎你我想象的程度。由此可见，当这种威胁太不明确，且离我们自身的经验太遥远时，神经系统根本无法对它做出任何响应。

四 抓住你的心

动物的故事总是能抓住全人类的心，就像凯哥——一只主演电影《威鲸闯天关》的虎鲸，他成名后，借着许多学童所存下的钱，以及爱心人士的坚定协助，从墨西哥水族馆狭小的水族箱中被解救出来，那里曾是他度过生命中大半光阴的地方。之后，他被转送到位于俄勒冈的“海洋哺乳类康复中心”。他的下一站，将是靠近他出生海域的克来特斯维克湾，那是一个被包围起来的外海海域。在那儿，他可以与同类成员进行 19 年来的第一次沟通，幸运的话，凯哥还能与他的家人重逢。我们深深地相信，当那天来临时，将会有成千上万的支持者为他大声喝彩。

一只痛苦或悲伤的动物，不管是海豚、狗，还是受了伤的飞鸟，我们都能由衷地理解他们的痛苦。我们会在紧急情况发生时立即做出反应，这似乎是我们的本能。然而，拥有足够能力来照顾生病及受伤同伴的生物，并不单单只有人类，还包括其他物种。在芝加哥的布鲁菲尔动物园，有一名 3 岁的小男孩想爬过护栏，却从两个台阶的水泥阶梯上跌落到大猩猩的围栏里，小男孩当场就昏了过去。而当母猩猩宾娣看到这个状况时，立即过去将男孩抱在怀中，而宾娣那 18 个月大的孩子还爬在她的背上呢！之后，她将这名孩童送到最近的出口处，让医护人员抱回受伤的小孩，并让他苏醒过来。无需太过惊讶——对宾娣（这个名字在斯瓦西里语中指“日光的女儿”）而言，她帮助的是一个灵长类的同伴，一个跟她自身非常相像的生物，而她和他同样拥有抚育及爱的能力。

当然，灵长类是具有侵略性的，但在适当的环境下，我们也可以是具有怜悯心的生物。有人做过一个残酷的实验，让恒河猴取得食物，条件是：电击另一只被监禁的同类！也就是说，除非恒河猴拉下那条链子，给予身在另一个实试室里的同伴痛苦的电击，否则他将拿不到任何食物。结果证明，有 87% 的恒河猴，都是拥有良心的反抗者，他们拒绝折磨无助的同伴。其中有一只猴子，即使已经两个星期没吃任何东西，即使早就饥肠辘辘，也不愿屈服于这种精心设计的残酷把戏。

㊄ 跟万物学习平静

虽然人类并非总是那么仁慈，但我们还是会被其他受苦的生物所感动。在油轮艾克森瓦迪兹号于阿拉斯加发生的石油外泄事件之中，就有上百名志愿者前去帮忙清洗浸渍于石油之中的鸟儿，这样的活力，是需要我们永远去保持的。保护动物权益运动，与拯救地球的活动息息相关、密不可分，而我们绝对有能力来关心这两项活动。

环境危机其实也就是心灵危机，但是除非我们再度重建失去的知识，即人类并非和这张生命之网分离，而是网中的一条绳线，否则这个危机永远无法得到解决。动物也许能当人类的导师，帮助人类重新恢复这些联系感：如果我们接纳他们，他们便能打动我们的心；如果我们看着他们的双眼，便能看见自身人性的悲痛与喜悦的倒影。如果将自身的认知范围范围扩大到其他动物身上，我们将能够发现人类并非是这颗星球上唯一会在日落的壮丽景色下感到喜悦的生物。或许，我们会像贡贝的黑猩猩一样，欢欣鼓舞地迎接供应生命的夏日阵雨。黑猩猩族群中，甚至还有庆祝、膜拜，以及接触超凡体验等原则。**动物和人类的内在一样，都有一个灵魂能与宏伟之灵互相呼应，而宏伟之灵的生命及气息，则存在于每一个生命里。**

生命的牵系共存，是一种古老的教诲。这一点从许多不同时代及不同灵性传统的记录中就可以看出：

> “你去请教走兽，他们会教导你；你去询问空中的飞鸟，他们会告诉你；地上的生物会教导你；海中的鱼类也会为你说明。”（《圣经》）

> “地球上并没有所谓的‘动物’，也没有以双翼飞翔的生物，他们可都是像你一样的人们啊！”（《可兰经》）

印度伟大的精神领袖、圣雄甘地说过：“一个国家伟不伟大以及它的道德程度如何，是可以由这个国家如何对待动物这一点来衡量的。”

在重建“凡生命皆神圣”的过程中，我们不仅仅在拯救世界，更是在拯救自身的灵魂。学习如何与其他生物平静地共存，也许能帮助我们找到内心真正的平静。